Dörte Damm

Der Wolf ist tot

Dörte Damm

Der Wolf ist tot

Roman

tabu verlag

Inhalt

Personen

Cordula Kauth, 12,	hat keinen, der sie beschützt. Sie hat gelernt, selbst auf sich aufzupassen.
Roland Kauth, 35,	Cordulas Vater, verhält sich nicht wie ein Erwachsener.
Ingrid Kauth, 45,	Cordulas Mutter, kämpft um ihre Tochter, aber mit den falschen Mitteln.
Antje Rodenberg, 11,	ist ein bisschen schüchtern, aber es steckt eine Menge in ihr.
Beate Rodenberg, 37,	Antjes Mutter, hakt nach, aber sie zieht nicht immer die richtigen Schlüsse.
Walter Rodenberg, 40,	Antjes Vater, ist laut und fröhlich. Er mag es, wenn Kinder ebenfalls laut und fröhlich sind.
Jule Lehmann, 11,	ist stark, mutig und zuverlässig. Eine bessere Freundin gibt es nicht.
Marga Lehmann, 32,	Jules Mutter, verlangt viel von ihrer Tochter, aber wehe, einer würde Jule ein Haar krümmen.
Regine Meister, 29,	ist eine nachdenkliche Lehrerin, der ihre Schüler nicht gleichgültig sind.
Frau Heller, 52,	Sozialarbeiterin im Jugendamt, ahnt, dass Cordula übel dran ist. Aber kann man einer Amtsperson trauen?
Das Meerschwein, 1,	weiß, dass Cordula es nicht im Stich lässt.

Die Neue

„Dürfen wir auch über ein Tier schreiben?", fragte die Neue.
„Nein", erwiderte Frau Meister, „das Thema heißt: Ein Mensch, den ich kenne. Dieser Mensch kann eine Frau, ein Mann oder ein Kind sein. Ihr könnt euch ein Familienmitglied aussuchen oder –"
„Geht auch eine Freundin?", fragte Antje.
„Aber sicher. Oder eine nette Nachbarin –"
„Oder die nette Frau Meister", sagte Jule in Frau Meisters Tonfall.
Die Klasse lachte.
„Na, klar doch." Frau Meister lachte mit.
„Ich könnte aber viel besser über mein Meerschwein schreiben", murrte die Neue. Sie hieß Cordula.
„Das hebst du dir auf, bis eine Tierbeschreibung dran ist. Heute charakterisieren wir einen Menschen. Ist doch gar nicht so schwer. Entscheidet euch für jemanden, den ihr besonders gut leiden könnt. Und beschreibt nicht bloß, wie er aussieht. Erzählt, wie er oder sie geht, redet, sich beschäftigt. Lasst diesen Menschen lebendig werden … So. Und jetzt fangt an."
Was für ein doofes Thema, dachte Cordula. Reichlich unflexibel, die Tante …
Die anderen raschelten mit den Blättern, ein paar flüsterten miteinander, bis Frau Meister „Ruhe" rief. Dann wurde es langsam still. Ein Kopf nach dem anderen beugte sich über die Arbeit. Man hörte nur noch die

Federn über das Papier schaben und ab und zu einen tiefen Atemzug.
Cordula nagte an ihrem Füller und starrte Löcher in die Luft. Die waren fein raus, die anderen, die schrieben jetzt über die liebe Mutti oder ihre Oma oder den putzigen kleinen Bruder …
Und über wen sollte sie schreiben?
Der liebste Mensch ist mein Vater. Wie kam bloß dieser Satz in ihren Kopf? Weil sie sonst niemanden hatte? An ihre Mutter konnte sie sich nicht erinnern. Oma hatte sie keine, Geschwister noch weniger und Freunde schon überhaupt nicht. Tja, dann musste wohl ihr Vater der liebste Mensch sein. Bloß, dass er leider ein Schwein war.
Dabei hatte sie ihn schrecklich gern gehabt, früher, als er noch *Papi* war. Er hatte so viel Spaß mit ihr gemacht, sich die verrücktesten Spiele ausgedacht. Mit ihr geschmust. Und mit dem Schmusen musste es irgendwann angefangen haben. An den Anfang konnte sie sich nicht mehr erinnern, das war zu lange her.
Helfen hatte sie ihm wollen. Helfen, ha! Ihm war nicht zu helfen. Wenn er besoffen war, weinte er und sagte, alles sei ihre Schuld.
Wenn sie doch woanders hingehen, wenn sie bloß von ihm wegkönnte. Sobald sie alt genug war, würde sie abhauen. Aber wann würde das sein? Vielleicht nie …
„Willst du nicht langsam mal zu schreiben anfangen, Cordula? Die erste Stunde ist bald um. Ihr habt nur Zeit bis zur großen Pause.“
Cordula fuhr zusammen. Verwirrt sah sie Frau Meister an.

„Du kannst es doch, du hast doch Phantasie“, sagte die. Auf einmal wusste Cordula, was sie schreiben würde. Sie feixte. Na, bitte, wenn die Tante es so haben wollte, von ihr aus … Sie senkte den Kopf und begann zu schreiben wie besessen.

Sie sieht ja auf einmal ganz glücklich aus, dachte Regine Meister. Wie sie dasitzt mit roten Ohren, die Augen verborgen von den langen Fransen ihrer Wimpern, und schreibt wie ein kleiner Teufel. Statt auf dem Federhalter kaut sie jetzt auf ihrer Unterlippe. Einen Mund wie eine Kirsche hat sie. Beinahe wäre Regine ihr über den schwarzen Wuschelkopf gefahren. Was fiel ihr bloß ein? Cordula würde sie anfauchen wie eine Katze. Solche Gesten waren wahrhaftig nicht mehr angebracht bei einer Elfjährigen.
Cordula war sogar schon zwölf. Aber man sah es ihr nicht an. Sie war so zierlich wie eine Zehnjährige. Schade, dass sie so ungepflegt war. Ihre Jeans starrten vor Dreck und aus den Löchern ihrer Stoffturnschuhe lugten die nackten Zehen. Dabei war der Septembermorgen schon reichlich kühl.
Sie würde mit ihr sprechen müssen. Oder mit dem Vater? Nein, erst mit Cordula. Wenn das nichts nutzte, konnte sie immer noch mit Herrn Kauth reden. Ob sie einen Hausbesuch machte? Besser nicht, als allein erziehender Vater war er vielleicht empfindlich, würde sich kontrolliert fühlen.
Einen netten Eindruck hatte er gemacht, Cordulas Vater. Irgendwie gewinnend. Er schien ziemlich viel Verständnis zu haben für seine Tochter, obwohl – Regine

war erschrocken, als sie der Schulakte entnommen hatte, dass Cordula siebenmal umgezogen war in den letzten drei Jahren …

„Wie entsetzlich für das Mädchen!“, war es ihr entfahren. Immer wieder eine neue Schule, alle paar Monate eine andere Umgebung … Kein Wunder, dass Cordula trotz einer Wiederholung extreme Lücken aufwies. Und sich schwer anschloss. Sie wirkte abweisend, unkindlich. Und doch war sie ein Kind und hatte – ja, sie hatte etwas Schutzbedürftiges an sich … Regine rief sich zur Ordnung. Müssen meine brachliegenden Muttergefühle sein, dass ich so sentimental werde, dachte sie ironisch.

Roland Kauth hatte zerknirscht genickt. Ja, er wisse, dass es entsetzlich sei für Cordula. Aber was sollte man machen? Immer wieder sei er arbeitslos geworden, ihm sei schließlich nichts anderes übrig geblieben, als eine Vertretertätigkeit anzunehmen, und damit sei er dann erst recht gründlich auf die Nase gefallen, habe sogar noch Geld zugesetzt … Aber jetzt gehe es aufwärts, jetzt habe er eine Generalvertretung für den „Multocleaner“.

Regine Meister erfuhr, dass dies eine Staubsaugermarke sei.

„Glauben Sie mir“, hatte er geendet, „wenn das Kind nicht wäre – ich hätte längst Schluss gemacht.“

Ob Cordula Kontakt habe mit ihrer Mutter, hatte Regine wissen wollen.

„Wissen Sie, Frau Meister, meine geschiedene Frau ist mir ein Rätsel. Sie will nichts mehr von ihrer Tochter wissen. Sie hat sie nicht ein einziges Mal gesehen in den sechs Jahren, die wir geschieden sind. Sie zahlt auch keinen Unterhalt, obwohl sie gut situiert ist. Können Sie sich das vorstellen?“

Es schellte zur großen Pause.
„Abgeben, Kinder, die Zeit ist um!“
Cordula gab ihren Aufsatz als Letzte ab und verließ langsam das Klassenzimmer. Jule und Antje, die beiden Unzertrennlichen, gingen vor ihr die Treppe hinunter. Cordula konnte die Leberwurst auf Jules Brot riechen. Mann o Mann, hatte sie Kohldampf. Sie musste sich am Treppengeländer festhalten, weil ihr auf einmal so komisch wurde.
Antje hatte einen Apfel und eine große, leuchtende Mohrrübe zum Frühstück. Cordula hörte es knacken, als sie hineinbiss.
Am liebsten hätte sie Antje die Möhre aus der Hand gerissen. Nicht unbedingt für sich, obwohl ihr das Wasser im Mund zusammenlief. Aber womit sollte sie das Meerschwein füttern? Nichts, überhaupt nichts war zu Hause im Kühlschrank. Und den Geldbeutel ihres Vaters hatte sie heute Morgen von innen nach außen gedreht, ohne dass auch nur ein Groschen herausgefallen wäre.
Wenn sie heimkam und die Tür aufschloss, würde das Meerschwein quieken vor Freude. Es würde wieder mal nicht verstehen, weshalb sie ihm kein Futter mitbrachte. Sie durfte es nicht enttäuschen. Nicht schon wieder. Sie musste etwas organisieren.
„Magst du meinen Apfel, Jule?“, fragte Antje. „Meine Mutter mit ihrer Bio-Macke – ich kann keine Äpfel mehr riechen!“

„Gib her“, sagte Jule. „Magst du mein Leberwurstbrötchen aufessen?“
„Au ja, und dann gehen wir zum Kiosk und kaufen uns einen Nachtisch.“
„Ich hab kein Geld“, sagte Jule.
„Aber ich“, sagte Antje.
Verwöhnte Gören, dachte Cordula verächtlich. Die hatten keine Ahnung. Von nichts. Langten zu Hause in den vollen Kühlschrank. Oder ließen sich von Mutti das Essen servieren. Nur kauen mussten sie selber. Die wären zu dämlich, etwas zu organisieren. Die würden glatt verhungern, wenn …
Aber Cordula musste zugeben, sie wusste auch nicht, wie sie sich heute etwas zu essen besorgen sollte. Es war schwierig in so einem Kaff, viel schwerer als in Berlin oder Hamburg oder Frankfurt. Das Kaufhaus war winzig, dort gab es gerade mal drei Verkäuferinnen. Die guckten schon ganz misstrauisch, wenn sie hereinkam, und beobachteten sie die ganze Zeit. Bestimmt hatten sie sie in Verdacht, bestimmt wussten sie, wer letztens immer die Schokolade und die Kekse gemopst hatte. Da traute sie sich vorerst nicht mehr rein.
Und auf dem Wochenmarkt durfte sie sich erst recht nicht mehr blicken lassen. Mensch, hatte das einen Aufstand gegeben, die ganzen Marktfrauen hatten ihre Stände verlassen und waren hinter ihr hergerannt. Wegen zwei Bananen, pff! Zum Glück hatten sie sie nicht gekriegt.
Klauen war ein Risiko, wenn man nicht rasch in einer Menschenmenge verschwinden oder in einem U-Bahneingang untertauchen konnte.

„Da kommt ja das Herz-chen“, schrie Sandra und meinte Cordula.
„Herz-chen, Herz-chen“, rief sie in affektiertem Hochdeutsch – das r holte sie ganz tief aus dem Rachen –, als ahme sie Cordula nach. Aber so bescheuert redete Cordula natürlich nicht.
„Willst du was, Herz-chen? Da hast du was!“
Sie warf eine Kastanie nach ihr, aber Cordula drehte sich blitzschnell zur Seite und wurde nicht getroffen.
„Ich bin nicht dein Herzchen“, sagte sie, hob die Kastanie auf und pfefferte sie Sandra ans Bein.
Sandra raffte eine Hand voll Rosskastanien vom Boden und schickte sich an, auf Cordula zu zielen.
„Was soll das?“, fragte Jule. „Lass sie in Ruhe. Und wieso nennst du sie Herzchen?“
„Die heißt so. Meine Mutter hat im Namensbuch nachgeguckt. Cordula heißt *Herzchen* – voll bekloppt!“
„Aaa-lexander, Arsch auseinander, Arsch wieder zu und aus bist du.“ Cordula sagte es so schnell, dass außer Jule keine den Vers verstanden hatte.
„Was ist’n das für’n Schwachsinn?“
„Sandra kommt doch von Aaaa-lexandra?“, feixte Cordula.
„Sag das noch mal, du Mistsau“, drohte Sandra.
Aber wohl fühlte sie sich dabei nicht, sie hatte gespürt, dass Jule und Antje auf Cordulas Seite waren. Und Jule war stark.
„Nee, du musst dir angewöhnen, schneller zu hören, wenn du was kapieren willst!“, sagte Cordula grinsend.
„Mistsau!“, rief Sandra und wandte sich zum Gehen.
„Selber eine“, schrie Cordula hinterher.

„Der hast du's aber gegeben“, freute sich Jule. Und die blasse Antje sah Cordula bewundernd an.
„Kannst du mir 'n Gefallen tun?“, bat Jule. „Kannst du das von vorhin noch mal sagen?“
„Den Abzählreim? Kennt ihr den nicht?“
„Nö.“
„Ich sag ihn, wenn du vorher einen andern sagst.“
„Oma und Opa sitzen auf dem Sofa. Opa pisst ins Ofenloch, Oma meint, der Kaffee kocht“, sagte Jule.
„Der gilt nicht, der iss uralt.“
„Na, wenn du alle kennst – gut, noch einen, aber dann bist du zweimal dran“, sagte Jule. „Hänschen klein hat Scheiß am Bein, hat abgeleckt, hat gut geschmeckt.“
„Mahlzeit“, sagte Cordula, „der iss cool.“
Es schellte.
„Wie dumm, wir haben unseren Nachtisch vergessen“, sagte Antje und warf den Rest von Jules Brötchen in die Abfalltonne. Jule wollte den angebissenen Apfel hinterherwerfen, aber Cordula hielt sie am Handgelenk fest.
„Gib mir den Apfel für mein Meerschwein“, sagte sie.
„Mensch, bist du umweltbewusst“, sagte Antje, „du würdest meiner Mutter gefallen.“
Cordula musste lachen. Als umweltbewusst hatte sie bisher noch niemand bezeichnet. Die Antje, die war schon eine ulkige Nudel. Weltfremd.
Cordula steckte den angebissenen Apfel in ihre Hosentasche. Schade, dass sie sich das Brötchen jetzt nicht aus der Tonne holen konnte. Vielleicht nach der Schule. Die anderen durften es auf keinen Fall mitkriegen.
Die drei trabten über den Hof zum Eingang.

„Sag mal, Antje, kann Cordula nicht mitmachen heute Nachmittag?"
„Au ja, das wird bestimmt lustig!" Antje wandte sich an Cordula:
„Hast du Lust, heute Nachmittag zu uns in den Garten zu kommen? Wir machen ein Feuer, verbrennen den ganzen Abfall, die dürren Äste und so 'n Kram. Und dann rösten wir Kartoffeln in der Glut. Kommst du?"
„Klar komm ich", sagte Cordula und hatte richtig Herzklopfen vor Aufregung, „wann soll ich kommen?"
„Sagen wir mal, um vier?"
Sie mussten sich eilen, die anderen saßen schon auf ihren Plätzen, und Herr Haferkorn, der Mathelehrer, stand an der Tafel und malte Gleichungen.
Cordula hätte sich nicht träumen lassen, dass ausgerechnet die zwei Unzertrennlichen sie einladen würden. Sie waren ihr so unerreichbar erschienen. Besonders Antje Rodenberg. Blond und blass und ziemlich schweigsam. Sie wohnte in diesem vornehmen Haus mit dem Schild *Dr. Rodenberg, prakt. Arzt* neben dem Gartentor. Wenn das nur ihren Eltern recht war, dass sie Cordula eingeladen hatte. Obwohl – Jules Mutter putzte die Schule. Und gegen Jule hatten sie offensichtlich nichts, so dick, wie die beiden befreundet waren. Jule war ziemlich das Gegenteil von Antje. Lebhaft, lustig, selbstbewusst und voller Einfälle.
In der Englischstunde, der letzten für heute, hatten sie wieder Frau Meister. Nach der Stunde rief sie Cordula zu sich.
„Ich habe was mit dir zu besprechen, Cordula."

Was würde nun kommen? Sie hatte doch nichts ausgefressen? Es sei denn – hatte sie am Ende schon ihren Aufsatz gelesen? Au weia …

„Es ist schon ziemlich kühl für die Jahreszeit", begann Frau Meister.

Wollte die Tante übers Wetter reden?

„Du musst ja eiskalte Füße haben in deinen ‚offenen' Schuhen …"

„Nö, das macht mir gar nix aus."

„Ich fände es trotzdem besser, wenn du nicht ganz so abgerissen in die Schule kämst. Zieh dir in Zukunft ganze Schuhe an, ok? Und auch mal wieder eine saubere Jeans."

„Ich finde meine Schuhe gut", sagte Cordula.

Dämliche Ziege. Woher sollte sie wohl ganze Schuhe nehmen?

„Schade, dass du so einen extravaganten Geschmack hast. Deine Füße tun mir Leid."

Nein, besser, Regine sagte nicht auch noch, Cordula solle mal wieder duschen und sich die Haare waschen. Sie hatte das Gefühl, dass dieses Mädchen äußerst empfindlich war.

„Mehr wollte ich nicht, Cordula. Einen schönen Nachmittag wünsch ich dir und – warme Füße." Sie wandte sich zum Gehen.

„Frau Meister –" Cordula war plötzlich die Idee gekommen, sie könnte ihre Lehrerin anschnorren. „Ich – mein Vater hat ganz vergessen, mir Geld dazulassen und – und ich muss dringend Futter kaufen für mein Meerschwein …"

„Soll ich dir was borgen?"

„Das wäre unheimlich nett.“
„Reichen zehn Mark, oder soll ich dir lieber zwanzig geben?“
„Nein, nein, das ist zu viel. Fünf Mark sind genug.“
Cordula wusste, es würde nur Ärger geben, wenn sie die verlockende Summe von zwanzig Mark annähme. Sie würde es ja sowieso nicht zurückzahlen können.
„Ich habe keine fünf Mark klein. Hier, nimm zehn – bis morgen.“
„Vielen Dank auch“, sagte Cordula und steckte das Geld ein. Wenn das nur gut ging. Fünf Mark vergaßen die Leute schneller. *Oh, Frau Meister*, würde sie morgen sagen, *ich habe ja die zehn Mark ganz vergessen.* Und übermorgen: *Frau Meister, mein Vater hatte kein Kleingeld, ist das nicht Pech?* Am Montag würde sie es hoffentlich vergessen haben, und wenn nicht, würde er auf einer Geschäftsreise sein für drei Tage. Oder er hatte vergessen, zur Bank zu gehen ...
Die Kniffe hatte sie übrigens alle von ihm. Es war das Einzige, worin er gut war, der Penner ...
Irgendwie konnte sie sich heute nicht recht freuen über die Beute. Es war zu viel. Und vor allem war es zu leicht gewesen. Schnorren machte nur Spaß, wenn man jemand reinlegte, der raffiniert war, einen, den man nicht leiden konnte. Die Meister war zu lieb, das war es. Eigentlich wollte Cordula es sich nicht mit ihr verderben ...

Nach der Schule

Auf dem Heimweg trat Cordula in den Laden an der Ecke Wiesenstraße/Heckenweg. Verblüfft blickte sie sich um. Hier gab es weder Einkaufskörbe noch Wagen. Vor den Regalen stand eine riesenlange Theke, und hinter dieser Theke thronte eine ziemlich dicke Frau. Wahrhaftig, es schien sich original um einen Tante-Emma-Laden zu handeln.

Sie fasste sich und sagte höflich: „Guten Tag."

Wie würde es nun weitergehen?

„Grüß Gott, mein Gutes", antwortete die Frau, „was darf's denn sein?"

Die Leute hier unten waren ja manchmal komisch, das hatte Cordula schon gemerkt, aber *Grüß Gott* und *mein Gutes* – die Alte war einsame Spitze!

„Möhren für eine Mark und ein Paket Brot und – oh, kosten die ganzen Möhren nur eine Mark?"

„Freilich, das Kilo eins fünfzig. Noch was außer Brot?"

„Ein Viertel Pfund Butter – oder nein, Sie haben ja auch Nutella – was kostet die Nutella?"

„Zwei Mark siebzig. Wem gehörst du denn, mein Gutes?"

„Mir selbst. Ich nehme Nutella, aber keine Butter. Und dann will ich noch Haarshampoo."

„Du musst dich nicht ärgern, weil ich so neugierig bin. Ich hab sonst nur Stammkundschaft aus der Siedlung. Ich weiß halt gern, mit wem ich es zu tun habe."

Sie stellte vier verschiedene Plastikflaschen auf die Theke. „Welches darf's denn sein?"
Cordula nahm das zu eins fünfundneunzig, es war das billigste.
Sie rechnete schnell im Kopf nach, ob das Geld reichte, dann verlangte sie noch eine Tüte Milch.
„So, wenn das jetzt alles ist, macht es acht Mark fünfundsechzig zusammen."
Während Cordula auf das Wechselgeld wartete, überlegte sie, dass – wenn sie ein paar Mal ihren Einkauf hier bezahlt hatte – sie später vielleicht anschreiben lassen konnte. Sie musste freundlich zu der Alten sein.
„Wir sind hier zugezogen", sagte sie, „ich heiße Cordula."
Ihren Zunamen sagte sie vorsichtshalber nicht.
„Und ich bin die Frau Baier. Wohnt ihr in den neuen Wohnblocks?"
„Ja, im Heckenweg."
„Das sollen ja ganz noble Wohnungen sein. Da hast du aber Glück, dass deine Eltern sich so eine teure Wohnung leisten können. Hast du noch Geschwister?"
„Nein. Wir sind nur zwei, mein Vater und ich."
„Ach, hast du keine Mama, mein Gutes?"
„Nein", sagte Cordula.
War ja nicht gelogen. Die Alte nervte mit ihrem Getue. Sie nahm sich zusammen. „Tschüs, Frau Baier."
„Auf Wiedersehen und meine Empfehlung an den Baba."
Cordula fuhr mit dem Lift in den vierten Stock. Hatten sie Glück mit der Wohnung? Natürlich, die Wohnung war einfach cool, mit dem weichen silbergrauen

Teppichboden und den cremeweißen Wänden in allen drei Zimmern. Und einer voll eingerichteten Küche mit Kühlschrank. Und einem Traumbad, in dem heißes Wasser aus den blitzenden Hähnen floss. So schick hatten sie es bisher nie gehabt. Weiß der Himmel, wovon er die Kaution bezahlt hatte. Aber was nutzte es, wenn man spätestens in einem halben Jahr wieder ausziehen musste? Wahrscheinlich würde in einer so kleinen Stadt alles noch schneller auffliegen als sonst.

Leise schloss Cordula die Wohnungstür auf. Hoffentlich war er nicht da. Sie schlich in die Küche, stellte ihren Einkauf ab und zog ihre Turnschuhe aus. „Offene Schuhe", hatte die Lehrerin gesagt – nicht uncool.

Sie lief leise durch das riesige leere Wohnzimmer – der weiche Velours fühlte sich geil an unter ihren Füßen – und spähte durch die halb offene Tür in das Zimmer ihres Vaters. Sie atmete auf, er war nicht da. Sein Bett, das aus einer nackten Matratze und einer braunen Decke bestand, war verlassen. Außer der Matratze stand nur noch ein großer Koffer im Zimmer, ja und eine Reihe leerer Flaschen und ein Suppenteller, randvoll mit Zigarettenkippen.

„Stinkt wie die Pest!", sagte Cordula und öffnete weit das Fenster.

Schon komisch, dass man auf lauter Wiesen und Bäume sah, wenn man aus dem Fenster guckte. Sah fast so aus, wie Cordula sich einen Urlaubsort vorstellte, nur dass sie hier keinen Strand hatten und kein Meer.

Sie fummelte den Schlüssel zu ihrem Zimmer aus ihrer Gesäßtasche. Das war nun das Allerbeste an dieser

Wohnung: ein eigenes Zimmer und einen Schlüssel zum Abschließen. Sie konnte sich einschließen. Er würde sie nachts nicht mehr überraschen, der Penner. Sie durfte bloß nicht vergessen, den Schlüssel immer abzuziehen und mitzunehmen, wenn sie ihr Zimmer verließ.

Das Meerschweinchen quiekte wie verrückt, als sie aufschloss.

„Moment, Meerschwein, ich komme."

In Cordulas Zimmer befanden sich ebenfalls keine Möbel. Die letzten Möbel waren schon vor einigen Umzügen zur Pfandleihe gewandert. Sie hatte trotzdem ihr Zimmer so ordentlich eingerichtet wie möglich. In der Ecke rechts von der Tür war ihr Bett. Es bestand aus einem roten Deckbett. Eine Matratze war nicht nötig auf dem schönen weichen Teppichboden. Bettwäsche? Die Bettwäsche war auch irgendwann abhanden gekommen.

In der linken hinteren Ecke gab es einen Haufen mit Kleidungsstücken. Normalerweise waren es zwei Haufen, einer mit sauberer, einer mit schmutziger Wäsche. Aber Cordula hatte schon lange nicht mehr gewaschen, es war kein Waschpulver da. Und deshalb waren alle ihre Sachen schmutzig.

In der linken vorderen Ecke, nahe beim Fenster, stand eine umgedrehte Kiste, die Cordula als Schreibtisch diente. Wenn sie sich davor kniete, konnte sie ganz gut ihre Schularbeiten daran machen.

Und in der rechten vorderen Ecke war der Käfig mit dem Meerschweinchen, Cordula öffnete ihn, und aufgeregt fiepend kam das Tier heraus. Sie streichelte sein weiches, schwarzweißbraun geflecktes Fell.

„Kriegst was Gutes, Meerschwein. Ich hab dir Möhren mitgebracht und einen leckeren Apfel. Komm mit, komm!“
Sie ging in die Küche, und Meerschwein wetzte freudig quiekend hinter ihr her. Sie gab ihm den angebissenen Apfel aus der Hosentasche. Die Möhren hob sie für später auf.
„Na, siehst du, ewig brauchst du nicht zu hungern. Ich sorg schon für dich, kapiert?“
O ja, das hatte Meerschwein kapiert. Es wusste genau, wenn es nur ausdauernd quiekte, würde Cordula es schließlich füttern. Selbst wenn es manchmal lange dauerte, es durfte nur nicht aufhören zu quieken – irgendwann gab sie ihm sein Futter.
Cordula nahm Brot, Milch und Nutella aus der Tüte und schmierte sich Brote auf dem Küchentresen. Sie öffnete die Milchtüte und goss Milch in einen Becher. Nachdem sie vier Nutellabrote hinuntergeschlungen und zwei Becher Milch getrunken hatte, räumte sie die restlichen Nahrungsmittel in den Kühlschrank.
Sie würde es ausnutzen, dass ihr Vater nicht da war, und ein schönes, heißes Bad nehmen. Randvoll würde sie die Wanne laufen lassen. Sie suchte in ihrem Kleiderhaufen nach dem am wenigsten schmutzigen T-Shirt. Das würde sie nachher anziehen. Unterhosen und Socken würde sie vor dem Baden mit Shampoo waschen. Wenn sie sie im Wohnzimmer über die Heizung hing, würden sie nachher bestimmt trocken genug sein zum Anziehen. Ein T-Shirt würde nicht mehr trocken werden bis vier, und schon gar nicht ihre einzige Jeans. Damit musste sie bis zum schulfreien Samstag warten.

Gut, dass sie so eine große Flasche Shampoo gekauft hatte. Sie ließ Wasser ins Waschbecken und vermischte es mit Shampoo. Sie wusch drei Unterhosen und zwei Paar Socken, indem sie heftig rieb und die schmutzigsten Stellen mit der Wurzelbürste behandelte. Dann spülte sie alles mit klarem Wasser aus und hängte die Kleidungsstücke über den Heizkörper im Wohnzimmer.

Jetzt kam der schönste Teil. Cordula verriegelte die Badezimmertür von innen, ließ Wasser in die Wanne laufen und zog ihre schmutzigen Sachen aus.

Seufzend vor Behagen lag sie im warmen Wasser und betrachtete die langstieligen Blumen mit den rosa Blüten auf den silbergrauen Kacheln. Und den riesigen runden Spiegel über dem Waschbecken. Und die blitzenden Wasserhähne. Cool, dachte Cordula in ihrem warmen Wasser, einfach cool. Dumm war nur, dass sie vor ein paar Tagen ihr einziges Badetuch benutzt hatte, um die Becken und Hähne zu polieren und den Fußboden aufzutrocknen. Ein sauberes Handtuch nachher wäre super gewesen, aber man konnte nicht alles haben.

Cordula hatte sich den Kopf und alles andere gründlich schampuniert und gewaschen, sie hatte geduscht, das Wasser ablaufen und wieder sauberes Wasser einlaufen lassen und weichte noch immer in der Wanne, als die Wohnungstür geräuschvoll aufgeschlossen wurde. Blitzschnell schoss sie aus dem Wasser und prüfte, ob sie die Tür verriegelt hatte. Sie hörte ihren Vater laut schnaufend etwas Schweres ins Wohnzimmer schleppen und dort absetzen.

„Cordula, bist du da?“, rief er.
„Bin im Bad.“
„Komm raus, ich habe eine Überraschung, meine Süße.“
Meine Süße – das hatte noch gefehlt.
„Wenn ich fertig bin, komme ich.“
Sie trocknete sich in Zeitlupe ab, frottierte sich die Haare. Ihre sauberen Sachen lagen drüben auf der Heizung, jetzt musste sie das Stinkezeug wieder anziehen.
Er drückte erfolglos die Klinke herunter, rüttelte dann an der Tür.
„Was soll denn das wieder? Warum stellst du dich bloß so verklemmt an? Mach die Tür auf, ich bring dir deine sauberen Höschen!“
Cordula antwortete nicht. Sie zog sich an und versuchte, mit dem Kamm durch ihre nassen Locken zu kommen.
„Mach doch auf, Kind, stell dich nicht so an. Ich bin doch dein Vater!“
Cordula antwortete noch immer nicht. Hasserfüllt sah sie auf die Tür. Wenn Blicke töten könnten, hätten sie Löcher in die Tür gebrannt und ihren Vater getroffen.
„Wird's bald?“ Sein Ton wurde drohend.
„Geh ins Wohnzimmer, Papa, ich komme gleich und guck mir an, was du mitgebracht hast.“
Wenn sie bloß nicht auch noch freundlich sein müsste!
„Wie du willst, meine Süße. Dein Papi macht, was du willst …“
Wie lange hatte er nicht mehr so rumgesülzt? Wahrhaftig, sie hatte davor mehr Angst, als wenn er grob war.

Ewig konnte sie sich nicht im Bad rumdrücken. Außerdem musste sie zu ihrer Verabredung. Sie riegelte auf und ging entschlossen ins Wohnzimmer.
Ihr Vater war dabei, den Gegenstand auf dem Fußboden aus dem Riesenkarton zu schälen. Der Gegenstand war ein gewaltiger Farbfernseher.
„Guck mal, mit allen Schikanen. Bloß vierzig Mark Anzahlung", sagte er stolz. „Da werden wir es uns abends gemütlich davor machen, wir zwei."
„Vierzig Mark! Ist das kein Geld?" Dafür hätte sie bei Woolworth Jeans gekriegt und vielleicht noch ein T-Shirt!
„Sonst hast du nichts dazu zu sagen, undankbare Göre? Da will man seinem Kind eine Freude machen und – du redest schon genauso muffig wie deine Mutter!"
Cordula antwortete nicht. Ihr Gesicht blieb abweisend.
„Nun sei doch nicht so bockig, Süße. Dein Papi weiß doch, dass das kein Leben für dich war in den letzten Monaten. Die ewige Umzieherei und immer wieder eine andere Schule. Deine Lehrerin hat ganz Recht, das ist kein Leben für ein Kind. Aber in Zukunft, in Zukunft wird alles anders."
Die alte Leier! Wie oft hatte er das schon versprochen, und nie war etwas anders geworden …
„Ich gebe ja zu", fuhr ihr Vater fort, „ich gebe zu, dass ich zu viel gesoffen habe in letzter Zeit, dass ich alles hab laufen lassen und nicht gut für dich gesorgt habe. Aber jetzt wird das aufhören. Ich habe mir geschworen, ein neues Leben anzufangen. Sieh mal, jetzt haben wir diese tolle Wohnung, wir leben in der Kleinstadt, in gesunder Luft, mit freundlichen Menschen – das habe ich

alles für dich arrangiert, damit du es besser haben sollst, meine Süße. Komm, wir wollen uns wieder vertragen." Er streckte ihr die Hand hin.
„Ich vertrage mich ja", sagte Cordula und übersah seine Hand.
„Dazu gehört mehr, Cordula. Weißt du nicht mehr, wie schön kuschelig wir es miteinander hatten, als du klein warst? Als du noch meine Süße warst und etwas für deinen Papi übrig hattest?"
„Jetzt bin ich zwölf und nicht mehr deine Süße."
„Herrgott, Cordula, ich bin doch auch nur ein Mensch! Ich verspreche dir, hoch und heilig verspreche ich dir, dass das andere nicht mehr passiert. Aber schmusen können wir doch miteinander, es kuschelig haben vor dem schönen neuen Fernseher ..."
Cordula schwieg verbissen. Oft genug hatte sie ihm geglaubt, zu oft. Sie würde ihm nie wieder etwas glauben.
„Cordula", sagte ihr Vater, „vertrau mir doch. Du musst mir jetzt vertrauen. Wenn *du* mir nicht hilfst, wenn nicht wenigstens *du* ein bisschen Verständnis für mich hast, komm ich nie wieder auf die Füße." Er sah sie flehend an.
Cordula wich seinem Blick aus. „Du laberst und laberst von einem neuen Leben", sagte sie schließlich, „wird ja doch nie was draus."
„Bitte", schrie ihr Vater aufgebracht, „bitte, wenn du es so willst, kann ich es auch bleiben lassen, das Arbeiten. Ich kann mich auch jeden Abend in die Kneipe setzen und mich voll laufen lassen. Ist dir das recht?"
Cordula sah an die Decke. „Warum nimmst du dir keine Freundin?", fragte sie schließlich.

„Mensch, Cordula, erinnere dich, wie es war, mit Jenny. Ich habe es versucht, ich habe weiß Gott versucht, dir eine Mutter zu geben, obwohl ich mir nicht die Bohne aus Jenny machte. Aber wer hat sie letzten Endes rausgeekelt?"
Cordula erinnerte sich. Er hatte ständig sie vorgezogen und Jenny schlecht behandelt. Jenny war darüber sauer gewesen, eifersüchtig auf Cordula. –
„Ich habe keine Zeit mehr, ich muss jetzt weg", sagte sie schließlich.
„Was soll das heißen, wo willst du hin?"
„Bin verabredet, mit zwei aus meiner Klasse."
„Daraus wird nichts. Heute ist Donnerstag, wir müssen zur Fürsorge. Du kommst mit."
Donnerstagnachmittags hatte das Jugendamt Spätsprechstunde.
„Nein", sagte Cordula.
„Was fällt dir ein? Du hast mitzukommen. Wir brauchen dringend Geld. Zumindest eine Monatsmiete müssen sie springen lassen für den Anfang, bis mein Geschäft läuft."
„Du kannst ja allein hingehen. Ich bin verabredet."
„Es macht einen besseren Eindruck, wenn du dabei bist. Also bitte, Cordula. Du kannst ja hinterher zu deinen Freundinnen gehen."
Wie Cordula diese Amtsbesuche hasste, bei denen sie als *Papas braves kleines Mädchen* auftreten musste! Sie machte einen Satz zur Tür, aber ihr Vater war schneller. Er stand mit ausgebreiteten Armen davor und ließ sie nicht hinaus.
„Wenn ich gewusst hätte, was aus dir für eine egoistische Schlampe wird", sagte er böse, „dann hätte ich

mich nicht jahrelang mit dir abgeplagt. Als Junggeselle hätte ich wahrhaftig ein leichteres Leben als mit so einem Klotz am Bein!"

„Meine Jeans sind ganz verdreckt, und sieh dir mal meine Turnschuhe an. So kann ich überhaupt nicht mit zum Amt."

„Die sollen ruhig sehen, wie arm wir sind. Und dass deine Sachen verdreckt sind, daran bist du ganz alleine schuld. Warum bist du zu faul zum Waschen?"

„Kannst du mir mal verraten, was ich so lange anziehen soll, bis die Jeans trocken ist? Ich hab doch nur die eine …"

„Faule Ausreden. Eine dreckige, schlampige Fotze bist du. Gut, dass du endlich mal gebadet hast. Du hast ja gestunken, dass man dir aus dem Weg gehen musste!"

„Umso besser", sagte Cordula und sah ihrem Vater direkt in die Augen, bis er den Blick abwandte.

Was war nur aus ihr geworden? Was war aus seiner Süßen geworden, die so anschmiegsam, so liebebedürftig war …

In diesem Augenblick lief ihm das Meerschweinchen vor die Füße und quiekte.

„Habe ich dir nicht gesagt, du sollst die widerliche Ratte im Käfig lassen? Sie verkackt uns die schöne Wohnung!"

Cordula nahm Meerschwein auf den Arm, ehe er nach ihm treten konnte, und ging in ihr Zimmer. Gott sei Dank, er hatte nicht bemerkt, dass der Schlüssel innen steckte, sonst hätte er ihn weggenommen.

Sie schloss sich ein, hockte sich auf ihr Deckbett und nahm Meerschwein auf den Schoß.

„Er darf dir nichts tun“, sagte sie, „ich lasse nicht zu, dass er dir was tut. Versprochen, Meerschwein.“
Meerschwein kuschelte sich in ihren Schoß. Es begann sanft zu schnurren und sein ganzer Körper vibrierte voller Behagen.

Besuch im Amt

Nach einer Weile klopfte er an die Tür.
„Bist du fertig? Wir gehen."
Cordula setzte Meerschwein in den Käfig, schloss auf und steckte rasch den Schlüssel in die Hosentasche.
Er war unter der Dusche gewesen, roch nach Shampoo und Rasierwasser. Er hatte die dunkelblauen Cordhosen an, seine graue Jacke und ein weißes, wenn auch nicht mehr ganz weißes Hemd. Schnieke hatte er sich gemacht, sogar die Schuhe hatte er geputzt.
Der Flur im Rathaus war voller Leute. Auch das noch. Cordula hatte gehofft, sie würden gleich drankommen, damit sie nicht allzu spät bei Antje aufkreuzte.
Entschlossen klopfte ihr Vater an eine der Türen und öffnete sie. „Mein Name ist Kauth, wir wohnen im Heckenweg. Ich muss dringend die zuständige Sozialarbeiterin sprechen."
Die Grauhaarige bat ihn freundlich, aber bestimmt, er möge draußen Platz nehmen. Er werde aufgerufen.
„Ich habe leider noch einen dringenden geschäftlichen Termin …"
Die Graue trat in den Flur. „Manuela", sagte sie zu einem Mädchen mit Nasenschmuck, „du bist dran, komm rein. Sie kommen gleich nach Manuela, Herr Kauth. Hier geht alles nach der Reihe."
Offensichtlich mussten die anderen Leute woanders rein. Alle hatten sie gegrinst, als ihr Vater die Abfuhr erhielt. Er hatte einen roten Kopf.

„So eine Rotzgöre ist nun wichtiger als ein Berufstätiger mit Terminen“, sagte er wichtig.
Niemand antwortete ihm.
„Papa“, sagte Cordula und wollte ihren Vater ärgern, „kaufst du mir auch so ’n Nasenschmuck? Is doch geil, nich?“
Er warf ihr einen vernichtenden Blick zu.
Als Manuela nach einer halben Stunde endlich herauskam, ging Roland Kauth mit so energischem Schritt auf die Tür zu, als müsse er verhindern, dass ihm noch einmal jemand zuvorkam.
Aber die Grauhaarige stand schon auf der Schwelle und streckte ihm die Hand hin.
„Mein Name ist Heller. Ich bin froh, Herr Kauth, dass Sie so rasch gekommen sind.“
Sie machte die Tür hinter ihnen zu.
„Guten Tag, Cordula.“
Woher wusste die Tante bloß ihren Namen? Sie hatte eine schmale, trockene warme Hand und einen nicht zu festen Griff. Cordula mochte es nicht, wenn die Leute so zupackten und einem die Hand quetschten. Die Frau hatte nicht nur graues Haar, sie trug auch ein graues Strickkleid. Aber sie linste ganz freundlich durch ihre silber geränderte Brille.
„Fürsorgerinnen“, hatte ihr Vater einmal erklärt, „gibt es zwei Sorten. Die Jungen, die Jeans tragen und locker tun. Die sind nicht gefährlich, aber helfen können sie einem meist nicht. Aber die Älteren, die nehmen es genau, bei denen musst du aufpassen, was du sagst. Allerdings, wenn die einem etwas versprechen, dann halten sie es.“

Na ja, damit kannte er sich aus, der Penner.
Das winzige Zimmer sah so ähnlich aus wie alle anderen Amtsstuben, die Cordula im Laufe ihres Lebens gesehen hatte. Ein großer Schreibtisch, ein gepolsterter Drehstuhl dahinter, zwei Holzstühle davor. Ein Aktenschrank und einer dieser lächerlichen viereckigen Tische – dieser hier hatte eine karierte Tischdecke – ebenfalls mit zwei Holzstühlen.
Manche Fürsorgerinnen blieben hinter dem Schreibtisch sitzen, wenn sie mit einem sprachen. Diese hier setzte sich mit Cordula und ihrem Vater an den kleinen Tisch, nachdem sie einen dritten Stuhl herangerückt hatte.
In manchen Amtszimmern standen auch zwei Schreibtische, und die andere Frau, manchmal war es auch ein Mann, tat immer, als ob sie schriebe, aber Cordula war sicher, sie hörten zu, was gesprochen wurde. Das waren die einzigen Unterschiede. Na ja, einige Zimmer waren ganz kahl, andere hatten Bilder an den Wänden. In diesem hier gab es ganz witzige Poster. Auf dem einen war eine rote Kuh zu sehen. Was das wohl sollte?
„Wir haben ein Riesenproblem“, eröffnete Roland Kauth das Gespräch, aber Frau Heller unterbrach ihn: „Ich komme gleich auf Ihr Problem zurück, Herr Kauth. Zuerst möchte ich aber doch von Cordula wissen, wie es ihr in Birkenthal gefällt. Hast du dich denn schon ein bisschen hier eingelebt, Cordula, oder vermisst du die Großstadt?“
„Nö, die vermiss ich nich, ich finde es richtig gemütlich hier“, sagte Cordula zu ihrem eigenen Erstaunen. Und es stimmte sogar.

„Muss ja auch ziemlich anstrengend sein, wenn man sich andauernd woanders eingewöhnen und immer wieder als Neue in der Schule anfangen muss."
War die Alte allwissend? „Woher kennen Sie überhaupt meinen Namen?", stieß Cordula hervor.
„Das Frankfurter Jugendamt hat die Akte an uns abgegeben. Ich habe ein bisschen darin gelesen, ich war neugierig, was dir schon alles widerfahren ist ..."
O weia, bisher war die Akte noch nie früher als Cordula und ihr Vater eingetroffen. Ob da auch drinstand, dass sie einmal beim Klauen erwischt worden war? Cordula wurde es mulmig – am Ende würden sie in der Schule davon erfahren ...
„Ich hätte mich ohnehin mit dir und deinem Vater in Verbindung gesetzt und bin froh" – sie wandte sich zu Roland Kauth – „dass Sie von sich aus gekommen sind. Wie lange sind Sie jetzt in Birkenthal?"
„Drei Wochen, und wir haben ein großes Pro –"
„In welche Schule gehst du inzwischen?", fragte Frau Heller, ohne auf Roland Kauth zu achten.
„In die Orientierungsstufe, sechste Klasse."
„Und wohin würdest du dich gerne orientieren, Cordula? – Zur Realschule oder zum Gymnasium? Ich meine, wenn du es allein entscheiden könntest."
„Wenn – wenn ich es schaffen könnte, ich würde schrecklich gern ins Gymnasium ..." Erschrocken brach sie ab. Antje und Jule würden bestimmt ins Gymnasium gehen, aber sie?
„Bleib mal auf dem Teppich, Cordula", sagte ihr Vater, „du kannst froh sein, wenn es mit der Realschule klappt."

„Ihre Tochter", sagte Frau Heller, „könnte durchaus das Gymnasium besuchen. Es ist eine unglaubliche Leistung, dass sie bei elf Schulwechseln in sechs Jahren nur ein einziges Mal hängen geblieben ist. Ihre Tochter braucht ein festes Zuhause, Herr Kauth."

Nichts von Klauen. *Ihre Tochter braucht ein Zuhause …*

„Elf Schulwechsel können es nicht gewesen sein", verteidigte sich Roland Kauth, „aber was sollte ich machen? Ich hatte nur Pech und Pech, immer wieder habe ich die Arbeit verloren, zweimal bin ich mit einer Vertreterposition reingefallen, habe noch eigenes Geld zugebuttert … Nun gut, das ist der Schnee von gestern. Jetzt bin ich in Birkenthal, habe eine schöne Wohnung, habe eine Position als Generalvertreter in Aussicht – ich habe eine Zukunft. Mein Problem ist nur: Ich habe nicht einen Pfennig Geld mehr. Und bis der erste Verdienst eingeht, das dauert gut und gerne noch einen Monat. Wenn – wenn ich noch ein einziges Mal eine Starthilfe bekommen könnte – überbrückende Sozialhilfe und eine Monatsmiete – dann könnte ich endlich Fuß fassen."

„Solange Sie die Generalvertretung nur in Aussicht haben, sollten Sie lieber zum Arbeitsamt gehen und sich arbeitslos melden", sagte Frau Heller trocken.

„Und was habe ich davon? Ich habe sowieso keinen Anspruch auf Arbeitslosengeld."

„Nein. Aber vielleicht findet sich ja aus Versehen eine Arbeit?"

„Hören Sie", Roland Kauth wurde dunkelrot im Gesicht, „ich lasse mich von Ihnen nicht verhöhnen! Ich bin in höchster Not, mein Kind ist in Not, schauen Sie

sie doch an, wie abgerissen sie daherkommt – und Sie speisen uns mit billigen Worten ab?“

„Beruhigen Sie sich, Herr Kauth. Ich weiß recht gut, in welchen Zeiten wir leben. Und glauben Sie mir, ich habe nichts dagegen, wenn jemand von Sozialhilfe lebt und sein Kind großzieht. Wogegen ich etwas habe, ist, dass Sie mit Ihrem unsteten Leben die Zukunft Ihrer Tochter zerstören. Sie mieten teure Wohnungen an, lassen sich überbrückende Sozialhilfe zahlen – denn selbstverständlich haben Sie immer gerade eine lukrative Arbeit in Aussicht – und dann verschwinden Sie unter Hinterlassung von Miet- und sonstigen Schulden und versuchen in einer anderen Stadt Ihr Glück …“

„Sie haben ja so Recht, Frau Heller“, sein Kopf sank auf die Brust.

Cordula wandte den Kopf ab, um nicht mit anzusehen, wie seine Augen feucht wurden und ihm die Krokodilstränen über die Backen tropften. Wenn er diese Masche brachte, wenn er zu flennen anfing, würde sie am liebsten schreiend weglaufen.

„Sie wissen ja gar nicht, wie Recht Sie haben“, schluchzte er, „ich bin ein versoffenes Schwein. Nur der Alkohol ist schuld, dass ich so heruntergekommen bin. Aber damit ist jetzt Schluss. Heute erst habe ich mit Cordula ein langes Gespräch gehabt, habe dem Kind versprochen, dass ich in Zukunft keinen Tropfen mehr anrühre. Ist es nicht so, Cordula?“

Cordula biss die Zähne zusammen und mied seinen Blick.

„Ihre Tocher scheint skeptisch, Herr Kauth.“

„Wenn Sie mir und meinem Kind nicht helfen, dann gibt es keine Rettung mehr, dann …“, seine Stimme brach, „weiß ich nicht, was passiert. Im Obdach soll mein Kind nicht landen!“
„Ich will genauso wenig, dass Ihre Tochter obdachlos wird. Deshalb werde ich in Cordulas Interesse eine einmalige Übernahme der Wohnungsmiete befürworten. Dass das Sozialamt meinem Vorschlag entspricht, kann ich nicht garantieren, das wissen Sie. Ich werde die Befürwortung allerdings nur unter einer Bedingung schreiben.“
„Alles, was Sie wollen, Frau Heller, alles – wenn ich nur dieses eine Mal noch eine Chance bekomme …“
„Unter der Bedingung, dass wir in den nächsten vier Wochen klären, wo Cordula in Zukunft lebt.“
Cordula riss es vom Stuhl hoch.
„Sie wollen mich ins Heim stecken?“, fragte sie entsetzt. Bloß das nicht – nicht ins Heim!
„Es muss ja kein Heim sein, Cordula. – Obwohl wir vielleicht ein paar Heime zusammen anschauen sollten, damit du weißt, was du ablehnst. Es könnte auch eine Pflegefamilie sein.“
„Sie wollen mir mein Kind nehmen?“, rief Roland Kauth. „Meine Süße, um die ich gekämpft habe? Haben Sie nicht die Akte gelesen? Haben Sie nicht gelesen, dass der Familienrichter und das Jugendamt und die Vorschullehrerin in Berlin, dass alle sich dafür ausgesprochen haben, dass das Kind zu mir kommt?“
„Das war vor sechs Jahren. Ich gebe Ihnen Brief und Siegel, dass keiner der Beteiligten, wenn er hätte in die

Zukunft sehen können, bei dieser Meinung geblieben wäre."
„Worauf wollen Sie hinaus? Wollen Sie etwa, dass das Kind zu dieser gefühlskalten Person geht, die all die Jahre sich einen Dreck um Cordula geschert hat?"
„Ihre geschiedene Frau hat nicht nachgelassen, um ihr Besuchsrecht zu kämpfen, das wissen Sie so gut wie ich. Und vergessen Sie nicht, dass sie redlich Unterhalt gezahlt hat, all die Jahre."
„Das stimmt ja gar nicht", rief Cordula aufgebracht, „keinen Pfennig hat die alte Hexe für mich bezahlt!"
„Haben Sie Ihre Tochter im Unklaren darüber gelassen, dass die Mutter sehr wohl regelmäßig Unterhalt zahlt? Vierhundert Mark monatlich sind kein Pappenstiel für eine kleine Postbeamtin. Und Ihre Schulden aus der Ehezeit, die zahlt sie auch noch ab ..."
„Ich habe nie gewollt und dulde auch jetzt nicht, dass diese Dinge vor den Ohren meines Kindes verhandelt werden. Geh einen Augenblick vor die Tür, Cordula."
„Gleich", sagte Cordula, „aber erst will ich es wissen: Hat sie für mich bezahlt, ja oder nein?"
„Nun, das erkläre ich dir später, Kind ..."
Also hatte sie bezahlt. In dem Punkt hatte er sie also auch angelogen. Ihr Vater schob sie aus der Tür.
Sie war zu aufgeregt, sich draußen hinzusetzen. Unruhig ging sie auf dem Flur hin und her.
Was wollte diese Frau Heller? Stand sie auf Seiten ihrer Mutter? Wollte sie am Ende, dass Cordula zu dieser Hexe zog, an die sie sich überhaupt nicht mehr erinnern konnte?

Stand denn nicht in der Akte, dass sie Cordula von der Geburt an abgelehnt hatte? Dass sie sie geschlagen hatte? Sie selbst konnte sich an die Schläge nicht mehr erinnern. Sie hatte fast überhaupt keine Erinnerungen mehr, wusste nur noch, dass die Frau furchtbar geschrien hatte, immerzu nur mit Papi gezankt und gestritten. Und einmal, das wusste Cordula noch, hatte die Mutter sie gebadet und ihr mit spitzen, harten Fingern den Kopf gewaschen. Die Seife war ihr in die Augen gelaufen, es hatte furchtbar gebrannt. Sie hatte geweint, und Papi war hereingekommen und hatte gesagt: „Was machst du denn mit meiner Süßen?“ Er hatte mit einem frischen Waschlappen die Seife weggemacht, sie aus der Wanne gehoben und abgetrocknet. Andere Erinnerungen hatte sie nicht an ihre Mutter …

„Bitte, Cordula, komm noch einen Moment rein“, sagte Frau Heller und ließ sie ein.

„Ich möchte nicht, dass du denkst, ich will dich gegen deinen Willen zu deiner Mutter schicken, die du gar nicht mehr kennst. Ich meine nur, du solltest sie endlich mal kennen lernen. Willst du darüber nachdenken?“

„Nein“, sagte Cordula, „darüber brauch ich gar nicht erst nachzudenken.“

Es war doch sonnenklar, dass die Alte auf Seiten ihrer Mutter war und sie zu ihr abschieben wollte. Das fehlte noch. Da käme sie wahrscheinlich vom Regen in die Traufe.

„Wann kann ich mich nun beim Sozialamt melden, wann ist Ihre Stellungnahme dort?“, fragte Roland Kauth.

„Kommenden Montag.“

„Wenn ich Ihnen nun beweise, dass ich es schaffe, wenn ich mich stabilisiere – würden Sie weiter darauf beharren, mir Cordula wegzunehmen?“
„Nein. Beweisen Sie es“, sagte Frau Heller.

Wenn ich mich stabilisiere, er hat unser Vokabular gut drauf, dachte sie, als sich die Tür hinter Herrn Kauth und Tochter geschlossen hatte. Spielte das *Rette-mich*-Spiel. Generalvertreter? Wenn der eine Generalvertretung hatte, wollte sie nicht Heller heißen. Aber das Mädchen imponierte ihr, die ließ sich nicht unterkriegen.

„Ich biege hier ab zu meiner Verabredung“, sagte Cordula.
„Und wo genau gehst du hin?“
„Geht dich gar nichts an.“
„Und ob mich das was angeht.“ Roland packte seine Tochter im Genick. „Entweder du sagst mir jetzt auf der Stelle, wo du hingehst, oder du kommst mit nach Hause.“
„Zu Antje Rodenberg, sie geht in meine Klasse.“
„Rodenberg? Ist sie die Tochter von dem Doktor?“
„Ja.“
„Sieh mal einer an.“ Er ließ sie los und zischte leise durch die Zähne.
„Kann ich gehen?“
„Meinetwegen. Die Bedingungen kennst du: Über unsere Verhältnisse wird nicht gesprochen. Und niemand kommt bei uns durch die Tür, verstanden?“
„Hältst du mich für so dämlich, dass ich freiwillig jemandem unsere Wohnung zeige?“
„Na, denn viel Spaß, meine Süße. Und heute Abend machen wir uns einen gemütlichen Abend, einverstanden?“
Das konnte heiter werden. Sie würde so spät wie irgend möglich nach Hause gehen.
Wenn Cordula der Frau im Jugendamt alles verriete, würde die dafür sorgen, dass sie wegkäme. Aber wohin? Ins Heim oder zu der keifenden alten Hexe? Nein,

danke. Frau Heller hatte noch was von einer Pflegefamilie gesagt. Dort würde es auch einen Vater geben. Alle Väter, die ihre Töchter lieben, wollen zärtlich sein, wollen mit ihnen spielen, das ist ganz natürlich, behauptete ihr Vater. Und wenn Cordula das inzwischen auch nicht mehr glaubte – nein, bestimmt taten es nicht alle –, konnte man nie wissen …

Da war es. *Dr. med. Walter Rodenberg* stand in großen Lettern auf dem Schild.

Cordula drückte auf den zweiten Klingelknopf, auf dem *privat* stand.

„Wer ist da?“, klang es aus der Sprechanlage.

Im ersten Moment wollte Cordula wegrennen. Sie zwang sich stehen zu bleiben und sagte: „Cordula Kauth.“

Das eiserne Gartentor schwang auf. Beklommen ging Cordula über den Kiesweg auf das Haus zu. Wenn man sie bloß nicht fortschickte.

Eine schlanke junge Frau in Jeans mit langen blonden Haaren kam aus der Haustür. Bestimmt eine Angestellte.

„Hallo, Cordula, ich bin Antjes Mutter. Die anderen warten schon auf dich. Geh ums Haus herum und immer weiter durch den Garten, ganz dahinten sind sie. Du siehst dann schon den Rauch.“

Cordula fiel gerade noch ein, höflich „danke“ zu murmeln, als die Frau mit einem „viel Spaß auch“ wieder im Haus verschwand.

Eigentlich hätte sie sich gleich denken können, dass es Antjes Mutter war. Antje sah fast genauso aus: blass, blond, mit Brille.

Cordula ging durch den Garten. Er war riesig, fast ein Park, mit großen Rasenflächen und Bäumen und einer Rosenhecke. Hier blühten ja immer noch Rosen, es war doch schon Herbst. Oh, und diese anderen Blumen, rot und gelb und violett – wie hießen die bloß? Sie sahen einfach toll aus. Solche hatten auch bei Frau Heller auf dem Schreibtisch gestanden.
Wahrhaftig, da war ein Schwimmbecken! War zwar kein Wasser mehr drin, aber im Sommer musste es Spitze sein, im eigenen Garten zu schwimmen! Wie im Film!
„Hey, du kommst aber spät, die Kartoffeln sind schon bald gar", rief Jule. Sie stocherte mit einem Stock in der Glut und versuchte, die Kartoffeln dabei zu wenden.
„Magst du Milch oder heißen Pfefferminztee aus der Thermos?", fragte Antje.
„Pfefferminztee? Igitt! Habt ihr keine Cola?"
„Cola ist bei uns nicht erlaubt. Cola krieg ich nur, wenn ich mal Fieber habe."

Die Kartoffeln hatten nach Rauch und Feuer geschmeckt. Noch nie hatte Cordula etwas so Gutes gegessen wie diese Kartoffeln. Sie hatten einen Teller gehabt mit Salz und Butter zum Stippen. Mit der Zeit war die Butter flüssig geworden und hatte sich mit dem Salz vermengt.
„Für diese Salz-Butter-Stippe schmeiße ich jedes Ketchup weg", hatte Jule gesagt und sich die Finger geleckt. Und die anderen hatten ihr Recht gegeben.
Hinterher hatten sie vor der Glut gehockt und sich gegenseitig sämtliche Abzählreime beigebracht, die jede

von ihnen kannte. Unversehens war es dunkel geworden. Dann hatten sie angefangen zu singen. „Schön ist das Zigeunerleben“ und „Freut euch des Lebens“. Cordula wusste noch ein paar Strophen, die für die anderen neu waren.
„O weia“, Jule sah auf ihre Armbanduhr, „es ist gleich sieben. Ich muss heim, mich um die Kleinen kümmern. Meine Mutter ist auf Arbeit, und Udo muss zur Schicht.“
„Da geh ich wohl auch“, sagte Cordula unschlüssig, „ich bring dich noch ein Stück, Jule.“
Und danach drücke ich mich in der Stadt rum. Vor neun geh ich nicht heim, nahm sie sich vor.
Antje ging mit ihnen bis zum Gartentor. Als sie um das Haus herumkamen, sah Cordula ihren Vater im Gespräch mit Antjes Mutter auf dem Kiesweg stehen. Der Penner! Sie knirschte mit den Zähnen.
„Ich kann Ihnen gar nicht sagen, Frau Rodenberg, wie froh ich bin, dass meine Kleine so netten Anschluss gefunden hat“, hörte sie ihn sülzen. „Ich hoffe so sehr, dass wir hier endlich sesshaft werden, meine Kleine und ich. Ich habe ihr zu viel zugemutet in den letzten Jahren. Hatte einfach zu viel Pech …“
„Ja, die Arbeitslosigkeit ist eine Geisel“, sagte Frau Rodenberg. „Ich wünsche Ihnen einen guten Start in Birkenthal. Und – ja, wir brauchen einen Staubsauger für die Praxis. Kommen Sie doch gelegentlich vorbei und führen Sie uns den ‚Multocleaner‘ vor. Wenn er gut ist, empfehle ich Sie weiter.“
„Da wäre ich Ihnen sehr verbunden, Frau Rodenberg.“ Er machte eine kleine Verbeugung.

„Antje, Jule, das ist Cordulas Vater. Ihr kennt ihn doch noch nicht?“
Die beiden gaben ihm artig die Hand. Cordula hätte explodieren können. Warum musste er sich immer in ihr Leben einmischen?

Abends

Cordula blieb nichts anderes übrig, sie musste mit ihrem Vater nach Hause gehen. Am Kiosk kaufte er Pommes mit Ketchup und ein paar Flaschen Bier.
„Damit machen wir es uns vor dem Fernseher gemütlich“, sagte er zufrieden.
Cordula überzeugte ihn davon, dass es besser für den schönen Teppichboden wäre, wenn sie in der Küche äßen. Sie standen am Küchentresen, und ihr Vater schob sich gierig die Pommes rein, während Cordula, die noch satt war von den herrlichen Kartoffeln, lustlos herumstocherte.
„Das Erste, was wir uns kaufen, wenn das Geschäft mit dem Multocleaner läuft, ist ein Küchentisch und ein paar Stühle, so ’n richtig gemütlichen Holztisch, was meinste?“
Cordula zuckte mit den Schultern.
„Magste ’n Schluck Bier, Süße?“
„Bloß nich!“ Sie schüttelte sich.
„Eine reizende Frau, die Frau Rodenberg, und gar nicht eingebildet …“
„Ja, und gescheit muss sie sein. Sie ist Psychologin und arbeitet in der Erziehungsberatung, sagt Jule.“
Cordula wusste, das würde ihm einen Schock versetzen.
„Psychologin?“ Er überlegte.
„Vielleicht – vielleicht ist sie ja doch kein Umgang für dich. Wer weiß, ob du diesen Leuten auf Dauer gut genug bist.“

Cordula schwieg. Mit wem sie umging, wollte sie selbst bestimmen.
Nach dem Essen sagte Roland Kauth: „So, meine Süße, jetzt beginnt der gemütliche Teil. Mal sehen, was das Fernsehprogramm bietet."
Cordula nahm zwei Möhren für Meerschwein aus dem Kühlschrank. Sie ging zur Tür, drehte sich um und sagte: „Ich hab meine Hausaufgaben noch nicht gemacht. Ich geh in mein Zimmer und mache Aufgaben."
„Weißt du was, Süße? Ich helfe dir, wir machen sie zusammen, dann sollst du mal sehen, wie schnell du damit fertig bist."
„Nö, ich mach sie alleine."
„Ih, wie bist du miesepetrig – hast du denn gar nichts mehr übrig für den armen Papi?" Er packte sie am Arm und versuchte sie an sich zu ziehen.
„Rühr mich nicht an", zischte sie und wand sich aus seinem Griff, „wenn du mich noch einmal anrührst, gehe ich zu Frau Heller und sag ihr alles."
„Was willst du ihr denn sagen? Ihr deine Lügen aufbinden? Sie wird kein Wort glauben von deinen Märchen, sie wird denken, du spinnst."
„Oh doch", fauchte Cordula, „*die* wird mir glauben."
Und beide wussten sie plötzlich, dass das stimmte.
„Ins Heim wird sie dich stecken! Dort kannst du darüber nachdenken, ob es sich lohnt, den eigenen Vater anzuschwärzen."
„Lieber geh ich ins Heim, als mich von dir noch ein einziges Mal anfassen zu lassen."
Roland Kauth gab seiner Tochter wütend einen Stoß vor die Brust, sodass sie an die Wand flog.

„Du bist ja nicht normal, du verklemmte Zicke“, schrie er und stapfte ins Wohnzimmer, wo er wütend die Tür zuknallte.
Cordula hob die Möhren auf, die sie hatte fallen lassen, und ging in ihr Zimmer.
„So, Meerschwein“, sagte sie, „ich glaube, jetzt haben wir eine Weile Ruhe vor ihm.“

„Antje hat eine neue Freundin“, erzählte Frau Rodenberg ihrem Mann. „Sie lebt bei ihrem Vater. Er hat sie heute Abend abgeholt. Ein ganz reizender Mensch und rührend besorgt um seine Tochter. Er hat eine Menge durchgemacht. Scheidung, Arbeitslosigkeit ... Jetzt verkauft er Staubsauger. Ich werde ihm wohl einen abkaufen.“
„Haben wir nicht schon drei?“
„Na und? Da kommt es auf einen vierten nicht mehr an.“

„Schlafen die Kleinen?“, fragte Marga Lehmann, als sie vom Putzen nach Hause kam. Da die Volkshochschule in Jules Schule Abendkurse abhielt, wurde es manchmal spät.
„Ja, zum Glück“, seufzte Jule. „Pauli hat mal wieder Terror gemacht, ist immer wieder aus dem Bett geturnt und wollte fernsehen. Zum Schluss wurde Papa wütend. Er hat ihn ins Bett gesteckt und gedroht, dass er ihn verhaut, wenn er keine Ruhe gibt. Danach war's gut.“
Jule hatte drei kleine Brüder. Pauli war vier, René anderthalb und Peter sechs.

Udo Lehmann war inzwischen zur Arbeit, er hatte Nachtschicht. Seit ihre Mutter die Schule putzte, sahen ihre Eltern sich manchmal nur kurz zwischendurch. Marga hatte sich müde auf die Couch fallen lassen.
„Soll ich dir ’n Bier holen, Mama?“
„Ach, det wär jut“, seufzte sie. Sie stammte aus Berlin und redete anders als die Leute in Birkenthal.
Jule ging in die Küche, nahm eine Dose Bier aus dem Kühlschrank und ein Glas vom Regal. Im Gegensatz zu Papa trank Mama lieber aus einem Glas. Jule machte die Dose auf und goss ein.
„Danke, meine Große“, sagte Marga.
„Kannst du nicht mal wieder ‚meine Kleene‘ sagen?“, fragte Jule und kuschelte sich neben ihre Mutter.
„Ich denke, du hörst et jern, wenn ick ‚meine Große‘ sage?“
„Von Papa. Ich hab es gern, wenn Papa ‚meine Große‘ sagt, da fühl ich mich wie was Besonderes. Aber so unter uns wär ich gern mal wieder deine Kleene.“
Marga lachte. „Meine Kleene“, sagte sie und zog Jule an sich. „War wat los, heute?“, fragte sie.
„Nein. Bloß in der Schule haben wir einen Aufsatz geschrieben über einen Menschen, den wir gern haben. Ich hab die Antje genommen.“
„Da fällt mir ein“, sagte Marga, „ick habe mir mit Frau Meester unterhalten über dir …“
„Ach, schon wieder?“
„Wat heeßt schon wieder? Soll ick mir nich interessieren für meine Tochter? – Und weeßte wat, Jule, sie sagt, wenn du dir anstrengst, kenntste mechlicherweise uff ’t Gymnasium ruff.“

„Also wenn ich ehrlich bin", sagte Jule, „ich ginge lieber auf die Real, dann tät ich schneller was verdienen. Bloß – dann wär ich nich mehr mit Antje zusammen …"

„Wär doch scheen, eene Tochter uff 't Gymnasium", sagte Marga versonnen, „weeß man, ob die Jungen so jut inschlagen tun?"

„Hätte Papa denn nichts dagegen?", fragte Jule.

„Wat soll er dagegen haben? Stolz wär er uff dir!" Marga trank einen Schluck.

„Mach dir mal keene Sorgen wegen verdienen und so. Solange Papa uff Schicht jeht und ick sauber machen tu, kommen wir jut über die Runden."

„Solange, ja", sagte Jule. „In meiner Klasse, da iss eine Neue, Cordula heißt sie. Ihr Vater war ganz lange arbeitslos. Deswegen mussten die andauernd umziehen, immer woandershin."

„Kannst du dir nich mit ihr befreunden? Ick weeß nich, ob das auf Dauer gut geht, dass du immer bloß mit Antje zusammensteckst."

„Wir haben uns schon befreundet. Heute war sie mit bei Antje zum Kartoffelfeuer. Sie ist eine richtige Marke. Ach – übrigens, Mama, die sind eigentlich Berliner. Sie haben früher dort gewohnt."

„Wat, Berliner?" Marga wurde lebendig. „Bring ihr mal mit, heerste?"

Drei Aufsätze

Regine Meister hatte es fast geschafft. Vierundzwanzig korrigierte Aufsätze lagen auf dem Schreibtisch. Blieben noch drei. Sie stand auf, reckte sich und goss eine weitere Tasse Kaffee ein. Dann griff sie zur nächsten Arbeit. Es war die von Antje Rodenberg.
Jule stand über ihrem Aufsatz.

Jule ist meine beste Freundin. Das heißt, eine andere habe ich nicht. Aber ich brauche auch keine andere. Jule ist mein Kumpel, sie steht zu mir, egal, was kommt. Sie verteidigt mich, wenn die anderen mich als Streberin beschimpfen. Sie würde mich sogar verteidigen, wenn ich in Wirklichkeit eine wäre, aber Jule weiß, dass ich das nicht bin. – Einmal hat sie einen Jungen verdroschen, der mich blöd angemacht hat. Hat ihn mit einem Ringergriff auf den Boden geworfen – der hat vielleicht dumm aus der Wäsche geguckt …
Ich kann Jule alles sagen, auch das, worüber ich mit sonst niemand rede. Sie versteht mich – und vor allem, sie erzählt nichts weiter.
Jule hat haselnussbraune Haare und Augen von derselben Farbe. Sie ist gut in Sport und kann sogar ringen. Das hat ihr Vater ihr beigebracht. Die Jungen haben ganz schön Respekt vor ihr.
Sie drückt sich oft so witzig aus, vielleicht, weil ihre Mutter Berlinerin ist. Und sie hat Sprüche drauf, über die ich mich kaputtlachen könnte. Ihr fällt immer etwas Spannendes ein, was wir zusammen unternehmen können, und es ist lustig, mit Jule loszuziehen.

Ich bewundere sie auch deswegen, weil sie so gut in Mathe ist. Zeichnen kann sie auch ganz toll. Überhaupt kann sie alles, was ich nicht kann. Sie kann sogar schon ein bisschen kochen.
Schade, dass sie so wenig Zeit hat und so viel zu Hause helfen muss. Seit ihre Mutter unsere Schule putzt, ist es noch schlimmer geworden.
Ihre Mutter ist streng und gleichzeitig lustig. Sie hat auch so witzige Sprüche drauf wie Jule. Zuerst glaubt man gar nicht, dass Frau Lehmann streng sein kann. Und doch ist sie es. Sie schimpft, wenn Jule wieder mal eine Fünf in Englisch hat, und sagt: „Ich erwarte, dass du dich besserst. Du willst doch wohl auf die Realschule!"
Auch sonst verlangt sie viel von Jule. Immer und ewig muss sie auf ihre kleinen Brüder aufpassen, staubsaugen und den Abwasch machen. Lehmanns haben nämlich keine Spülmaschine. Ich glaube, sie sind überhaupt ziemlich arm. Aber Spaß machen sie viel in der Familie, ich bin gerne bei ihnen.
Herr Lehmann sagt zu Jule immer „meine Große". Ich glaube, er hat sie genauso gern wie ihre kleinen Brüder, obwohl er doch ihr Stiefvater ist. Ziemlich oft sagt er: „Jetzt lasst Jule mal in Ruhe. Die ist doch nicht bloß für euch da."
Jule hat drei kleine Brüder. Peter und Pauli sind ganz süß, wirklich. Aber René, das Baby, kann ich nicht leiden. Ewig plärrt er, ewig hat er eine Rotznase und sabbern tut er auch. Jule ist immer am Abwischen. Am schlimmsten ist es, wenn sie ihm die voll gemachten Windeln wechseln muss. Sie tut mir Leid, dass sie diesen ekligen René am Hals hat. Aber ihr scheint es gar nichts auszumachen. Ich glaube, sie mag ihn sogar.
Ich will gar nicht dran denken, wie es wird, wenn ich ins Gymnasium muss und sie in die Realschule. Wenn sie doch mit mir ins Gymnasium könnte! Ich helfe ihr schon ganz viel in Englisch und

Deutsch. Darin ist sie genauso schlecht wie ich in Mathe. Frau Lehmann hält ihr immer mich als Beispiel hin. So ein Quatsch, ich bin im Durchschnitt gar nicht besser. Aber ich muss ins Gymnasium, da sind meine Eltern richtig stur. Ich ginge lieber mit Jule zusammen in die Realschule.

Das hatte sie ja recht gut hingekriegt, die Antje.
„Du hast deine Freundin lebendig und anschaulich geschildert. Einige Male warst du in Gefahr, vom Thema abzuweichen und dich zu sehr auf Jules Familie einzulassen. Aber du hast es immer noch rechtzeitig geschafft, den roten Faden wieder zu finden. Ausdruck und Orthographie sind nicht zu beanstanden", schrieb Regine und malte mit Rotstift eine Eins bis Zwei unter den Aufsatz.
Dann nahm sie Jules Arbeit zur Hand. Diese beiden! Regine lachte. Da stand doch wahrhaftig *Meine Freundin Antje* über Jules Aufsatz.

Antje ist ein ganz feiner Kerl. Du merkst es nicht sofort weil sie so still ist. Ist still und sagt nicht viel und lässt sich zu viel gefallen. Aber es steckt mehr hinter ihr, als du so denkst. Über was die Antje sich alles Gedanken macht! Über Sterben zum Beispiel und ob es einen Gott gibt …
Mann, die hat was auf dem Kasten! Ist unwahrscheinlich gut in Deutsch und Englisch. Macht nie Fehler im Dicktat und Aufsätze schreibt sie da schnallst du ab. Sie weiß was ein Datief und was ein Akussatief ist, das weiß sie einfach. Hat was mit dem und den zu tun glaub ich oder mit mir und mich? Ich verwechsle das alles. Wie kann man so was wissen wie kann man immer wissen wann mir oder mich richtig ist?

Vielleicht kommt es daher weil ihre Eltern so schlau sind. Ihr Vater ist Dokter und ihre Mutter Pysch – au weia, wie schreibt man das? Egal Pyschologin ist ihre Mutter.
Trotz allem sind mir meine Eltern lieber. Ihren Vater kenn ich nich weiter. Aber ihre Mutter die fragt bei allem warum und wieso. Ein Loch fragt sie einen in den Bauch. Will ständig wissen was Antje denkt was Antje fühlt. Vor lauter Fragen kommt Antje nich dazu zu denken und zu fühlen. Weil ihre Mutter vorher mit dem Haken – also die Frau Rodenburg nennt die Fragerei nach-haken. Und bei dem Wort seh ich immer wie sie mit einen langen dünnen Haken in Antje rumstochern tut. Nicht wirklich natürlich aber das stell ich mir so vor. Warscheinlich redet die Antje deshalb so wenig. Wenn sie nemlich was sagt muss sie das was sie sagt auch wieder erkleren. Ehrlich mir würde die Fragerei nerven. Gut dass meine Mutter die Angewohnheit nich hat.
Wenn wir zusammen sind die Antje und ich quatscht sie drauflos. Da ist sie ganz anders. Da fellt mir ein bei meiner Mutter quatscht sie auch. Die können sich überhaupt gut leiden die zwei. Meine Mutter scheniert sich ja nich. Die sagt glatt zu ihr sitz nich so faul rum Antje trocken mir mal das Geschirr ab. Dann lacht die Antje und macht es. Es stimmt sie stellt sich ziemlich duslig dabei an. Aber meine Mutter sagt wie soll sie es lernen wenn sie daheim eine Spühlmachine haben?
Wenn ich auch viel helfen mus und wir nicht so ein tolles Haus haben gefellt es mir bei uns besser. Bei uns ist es nie langweilig und meine Mutter fragt blos ganz normale Fragen. Zum Beispiel warum kommst du so spät? Find ich toll wie die Antje das alles aushält und sich noch nich mal beklagt.

Regine hatte beim Lesen ein paar Mal aufgelacht. Danach blieb sie eine Weile gedankenverloren sitzen.

Arme Frau Rodenberg. Sie leitete die Erziehungsberatungsstelle in Birkenthal und war eine exzellente Psychologin. Bloß bei ihrer Tochter schien der Beruf ihr wenig zu nützen. Was Antje betraf, könnte sie bei Jule Lehmann in die Lehre gehen …

Regine Meister machte sich seufzend daran, die leidigen Korrekturen anzubringen. Unter den Aufsatz schrieb sie: „Liebe Jule, du hast dir viele Gedanken um deine Freundin gemacht. Du hast nicht nur ein lebendiges Bild von ihr gezeichnet, du hast auch über die Hintergründe nachgedacht. Es ist eine ausgezeichnete Charakterskizze daraus geworden. Schade, dass du so viele Orthographie- und Grammatikfehler gemacht hast. Und hast du eigentlich schon mal was von Kommas gehört?"

Sie hielt inne. Automatisch hatte sie hinzusetzen wollen: „Auch dein Ausdruck lässt zu wünschen übrig." Aber das stimmte ja nun ganz und gar nicht. Jule hatte sich genau und anschaulich ausgedrückt, sie hatte den Nagel auf den Kopf getroffen. Sollte sie diesen köstlichen Aufsatz an verstaubten Regeln messen? Entschlossen nahm sie den Rotstift und schrieb eine dicke, fette Zwei darunter.

Da stand sie nun, die Zwei. Und die halbe Klasse würde angelaufen kommen und die Zensur ungerecht finden: „Ich hab viel weniger Fehler als die Jule und bloß eine Drei." Seufzend schrieb Regine *bis Drei* hinter die Zwei. War das nun gerechter?

So. Der letzte Aufsatz war der von Cordula Kauth. Sie war gespannt, was der kleine Querkopf zuwege gebracht hatte.

Mein Vater
Der liebste Mensch ist für mich mein Vater. Er sorgt für mich und ist immer für mich da, außer wenn er Geld verdienen muss. Er ist sehr tüchtig in seinem Beruf als Generalvertreter und er verdient eine Menge Geld. Er kauft mir oft schöne Sachen zum Anziehen und ist ganz traurig, wenn ich lieber mit meinen alten Jeans und den kaputten Tennisschuhen rumrenne. Letztens hat er mir ein Computerspiel versprochen. Wahrscheinlich bringt er es mir morgen mit.
Wir haben eine riesengroße Wohnung mit silbergrauem Teppichboden, die Wände sind cremefarben. Im Wohnzimmer haben wir eine weiche Couch und bequeme Sessel aus schwarzem Leder. Bei uns stehen viele seltene Pflanzen in der Wohnung, zum Beispiel Palmen und Orchideen, weil mein Vater ein Hobbygärtner ist. Ich war einmal in Frankfurt im Palmenhaus, aber die Pflanzen meines Vaters sind mindestens genauso schön.
Manchmal sitzt mein Vater an seinem großen Schreibtisch und erledigt seine Geschäftspost. Dann raucht er teure Zigarren, die gut riechen.
Am schönsten ist es, wenn mein Vater seine Küchenschürze anzieht und für uns beide kocht. Er braucht das nicht, weil wir natürlich eine Köchin haben, aber es ist sein anderes Hobby. Er kann Pizza machen und Hähnchen braten und Buletten. Einmal hat er eine Pizza gemacht, die war so groß und rund wie ein Tisch. Er kann auch Kuchen backen und zum Geburtstag bäckt er mir immer eine Torte.
Abends geht mein Vater nie weg. Wir sitzen auf unserer Ledercouch und schauen zusammen fern. Am liebsten gucken wir Familienserien, in denen die Kinder viele Geschwister haben und eine Mutter und manchmal eine Oma. In diesen Familien passieren dauernd lustige Sachen, über die mein Vater und ich uns halb totlachen.

Ich gehe immer früh ins Bett, weil ich müde bin. Dann gibt mein Vater mir einen Kuss und sagt: „Träum was Schönes, meine ~~Sü~~ Cordula."
An Weihnachten kauft mein Vater einen riesengroßen Weihnachtsbaum. Er schmückt ihn immer mit roten Kugeln und Schleifen. Er sieht genauso aus wie der Christbaum in der Werbung für Weihnachtskerzen.
In den Sommerferien fliegen wir in unserem Privatflugzeug auf eine Geheiminsel, die meinem Vater gehört. Dort treffen wir uns mit Oma und Opa und meiner Tante und meinen vielen Cousins und Cousinen. Wir sind dann eine große Familie und alle sind lustig. Am lustigsten ist mein Vater. Er fährt mit uns Boot und zeigt uns, wie man Fische fängt. Und hinterher machen wir ein Lagerfeuer am Strand und braten die Fische und singen.
Leider ist mein Vater innerlich sehr krank. Ich würde ihm gern helfen, aber ich kann nicht. Es ist eine böse Krankheit, niemand kann ihn heilen. Wenn er stirbt, muss ich ins Heim, aber das will ich nicht.

Armes Kind, dachte Regine Meister erschrocken, du brauchst Hilfe. Was konnte sie nur unternehmen? Sich an Frau Rodenberg wenden? Schwierig – Cordula hatte sich inzwischen mit Antje angefreundet. Das Jugendamt? Mit welcher Begründung? Der Vater schien im Rahmen seiner Möglichkeiten liebevoll für die Tochter zu sorgen …
Es musste einfach verhindert werden, dass Vater und Tochter ein weiteres Mal umzogen. Cordula musste endlich Wurzeln schlagen, ihr Leben musste einen zuverlässigen Rahmen bekommen, damit sie es nicht mehr nötig hatte, in eine Phantasiewelt zu flüchten.

Regine Meister würde noch einmal mit Herrn Kauth sprechen, ihm den Ernst der Situation klarmachen. Und vorher musste sie mit Cordula über den Aufsatz reden. Aber auf keinen Fall vor der Klasse – überhaupt nicht in der Schule. Sie würde nachmittags einen Hausbesuch machen, und sie würde sich ausnahmsweise nicht vorher anmelden.

Und was machte sie jetzt mit diesem Aufsatz? Eine sachliche Bewertung würde sie darunter schreiben, überhaupt nicht auf den Inhalt eingehen. Über den Inhalt würde sie mit Cordula beim Hausbesuch sprechen, in der Wohnung, in der es vermutlich keine Ledergarnitur geben würde und schon gar keine Palmen und Orchideen.

Freitags gab Frau Meister die Aufsätze zurück. Jule strahlte. Eine Zwei bis Drei im Aufsatz hatte sie noch nie gehabt.

„Zeig mal", flüsterte Antje und wollte Jules Aufsatz lesen.

„Nein", sagte Jule und breitete ihre Arme darüber. Wenn Antje las, was sie über ihre Mutter geschrieben hatte, war sie bestimmt eingeschnappt.

Antje hatte die Überschrift gesehen und war natürlich neugierig, was Jule über sie geschrieben hatte. Aber – dann würde Jule auch ihren Aufsatz lesen wollen und bekäme mit, was sie über den ekligen René geschrieben hatte.

„Dann nicht", sagte sie, „kriegst du meinen eben auch nicht zu lesen."

Cordula saß ganz hinten und bekam ihren Aufsatz als Letzte zurück. Sie hatte Herzklopfen. Was würde Frau

Meister dazu sagen? Sie hatte ganz schön übertrieben. Aber irgendwie hatte sie gar nicht damit aufhören können, die Story auszuschmücken, sie hatte immer weiter schreiben müssen ... Und jetzt konnte sie sich gar nicht mehr richtig an den ganzen Mist erinnern, den sie da verzapft hatte.

Wortlos legte Frau Meister ihr den Aufsatz hin. Eine Zwei. Mit zittrigen Händen schlug sie die Seite um.

„Du hast eine phantasievolle Arbeit geschrieben", stand da, „Orthographie, Grammatik und Zeichensetzung sind bis auf Kleinigkeiten in Ordnung."

Nicht zu fassen, die hatte die Kröte geschluckt! Nach ihren zehn Mark fragte sie auch nicht mehr. Am Dienstag hatte Cordula sich entschuldigt, sie hätte das Geld vergessen. Und danach hatte sie nichts mehr gesagt und Frau Meister auch nicht. Mir kann es nur recht sein, sagte sich Cordula. Aber irgendwie komisch war es schon.

In der großen Pause wollte Antje gerade die Tüte mit ihrem Biofrühstück in die Abfalltonne schmeißen, als Cordula sie wieder am Handgelenk festhielt.

„Gib mir das für mein Meerschwein."

„Aber gern", sagte Antje.

Cordula öffnete die Tüte. „Oh, da ist ja eine ganz leckere Birne drin, magst du die auch nicht?"

„Nö", sagte Antje, „ich geh zum Kiosk und hole mir eine Kokosmakrone."

Sie schlenderte davon.

Cordula biss mit Appetit in die Birne. Über die Gurke und die frischen Paprikastücke würde Meerschwein sich genug freuen.

Sandra und Christine kamen wie zufällig vorbei und blieben vor ihr stehen.
„Na", sagte Sandra zu Cordula, „kommst *du* auch am Sonntag zu Antjes Geburtstag?"
„Nein", sagte Cordula und spürte einen Stich. Antje hatte Geburtstag? Sie wusste nichts davon. Und sie hatte gedacht, sie wären jetzt Freundinnen …
„Na klar kommt sie", schrie Jule. „Cordula ist unsere Freundin. Du kennst doch Antje, die träumt und vergisst einfach alles. Jetzt hat sie wahrhaftig vergessen, dich einzuladen, Cordula."
„Ich komme sowieso nicht", sagte Cordula.
„Was fällt dir ein, Jule", sagte Sandra, „glaubst du, die Antje darf so eine Asoziale einladen? Das würden ihre Eltern niemals erlauben."
„Was bin ich?", fragte Cordula, warf die Tüte mit dem Futter auf den Boden und wollte sich auf Sandra stürzen. Aber Jule war schneller. Mit ihrem Ringergriff hatte sie Sandra auf den Boden gezwungen und sich über sie geworfen.
Antje kam vom Kiosk zurück. „Was ist denn hier los?", fragte sie.
Cordula drehte sich um und ging davon. Brauchte keiner zu sehen, dass sie Tränen in den Augen hatte.
Jule lag auf Sandra und hielt sie eisern fest.
„Sagst du noch mal *Asoziale* zu Cordula? Sagst du das noch mal?", fragte sie mit zusammengebissenen Zähnen.
„Nein, ganz bestimmt nicht. Lass mich los", heulte Sandra.
„Waaas hat die gesagt?", fragte Antje entsetzt.

Jule ließ Sandra los, und die stand mit hochrotem Gesicht auf.
„Deine Eltern haben ganz Recht“, sagte sie mit verbissenem Gesicht zu Antje, „die blöde Cordula passt einfach nicht zu dir. Abgerissen und verschlampt, wie sie ist.“
„Meine Eltern haben überhaupt nichts gegen Cordula. Und ich finde ihre Jeans und alles einfach cool. Und du, du siehst voll bekloppt aus in deinem lila Fummel, du Angeberin!“
Jule hätte nicht gedacht, dass Antje so viel und so schnell hintereinander sagen könnte.
„Also, wenn du *die* zu deinem Geburtstag einlädst, dann komm ich nicht!“
„Hiermit“, schrie Antje, „lade ich dich ausdrücklich zu meinem Geburtstag aus. Wage es bloß nicht zu kommen!“
Cool, dachte Jule bewundernd.
„Eingebildete Ziege, wer will schon zu deinem Geburtstag gehen?“, sagte Sandra und wollte Christine mit sich fortziehen.
„Ich habe nichts gegen Antje und auch nichts gegen Cordula“, sagte Christine und blieb stehen.
„Dann such ich mir eben eine andere Freundin“, schrie Sandra wütend und stapfte davon.
„Hör, du Traumsuse“, sagte Jule zu Antje, „hast du wahrhaftig vergessen, die Cordula einzuladen?“
„Oh, Mensch, wie konnte ich das nur vergessen?“
Es klingelte. Antje raste die Treppe hoch. Cordula saß schon auf ihrem Platz.
„Cordula, du musst mir glauben“, sagte Antje atemlos,

„ich bin manchmal so vergesslich wie meine Oma. Ich muss vollkommen durch den Wind gewesen sein, dass ich vergessen habe, dich einzuladen."
Cordula wandte sich ab und sah zum Fenster hinaus.
Jule tauchte neben den beiden auf.
„Du musst ihr glauben, Cordula. Die Antje ist eine Traumsuse. Die ist manchmal so verdreht, die vergisst ihren eigenen Kopf. Trag es ihr nicht nach, bitte!"
„Jule, Antje, Cordula – heute nach der letzten Stunde Nachsitzen, alle drei. Wegen ungebührlichen Benehmens. Begeben die Damen sich jetzt endlich an ihre Plätze, damit der Unterricht beginnen kann?"
Wahrhaftig, Herr Haferkorn hatte seit Minuten erfolglos versucht, die drei auf den Unterrichtsbeginn aufmerksam zu machen. Irgendwann musste ein Punkt sein.

Das Geburtstagsgeschenk

Herr Haferkorn entließ die Mädchen nach einer halben Stunde Nachsitzen. Jule hatte ihm klargemacht, worum es ging, weshalb sie ihn vorhin einfach nicht hatten bemerken können. Nachdem er das verstanden hatte, wurde er sehr nett. Er machte sich zum Vermittler und brachte Cordula schließlich sogar dazu, Antjes Entschuldigung und ihre Einladung anzunehmen.

Alle vier fanden, dass das Nachsitzen dieses Mal etwas gebracht hatte. Und damit, meinte Herr Haferkorn, könnten sie jetzt ins wohlverdiente Wochenende gehen.

Als die drei Mädchen an der Wiesenstraße angelangt waren, sagte Antje: „Also, tschüs, bis Sonntag."

„Ich bring dich noch ein Stück, Jule", sagte Cordula.

Jule wohnte in der Stadt, während die Erich-Kästner-Schule außerhalb lag, in dem Wohnviertel, in dem Antje und Cordula wohnten. Die Hauptstraße, in der sich die meisten Geschäfte befanden, nannten die Birkenthaler *Stadt.*

„Was schenkst du Antje zum Geburtstag?"

Jules Frage versetzte Cordula in Panik. Richtig, zu einem Geburtstag musste man ein Geschenk mitbringen.

„Und was schenkst du ihr?"

„Ich schenke ihr ein Krümelmonster", sagte Jule, „so was hat sie nämlich überhaupt nicht. Sie hat einen Haufen Lernspiele und Bücher und so 'n Kram, aber überhaupt nix Kuscheliges aus der Sesamstraße. Oder findest du, dass sie dafür zu alt ist?"

„Ich weiß nicht", sagte Cordula zögernd.
„Also, ich finde das nicht. Ich finde, für das Krümelmonster kann man gar nicht zu alt sein."
„Wird sie eigentlich elf oder zwölf?", fragte Cordula.
„Erst elf, sie ist die Jüngste in der Klasse. Ich werde im Januar schon zwölf."
„Ich bin schon seit Juni zwölf", sagte Cordula. „Ich musste einmal wiederholen. In dem Jahr, als wir dreimal umgezogen waren."
„Macht nichts", sagte Jule, „du bist ziemlich klein, da merkt man nicht, dass du älter bist."
Das stimmte, Jule war größer, und sogar Antje war ein bisschen größer als Cordula.
„Was schenk ich ihr bloß?"
„Vielleicht ein Buch?", schlug Jule vor. „Sie liest wirklich furchtbar viel. Am besten ein Taschenbuch, die sind nicht so teuer. Was Spannendes oder Witziges."
„Wo kriegt man denn so was?"
„Wenn du die Hauptstraße weitergehst, ist auf der rechten Seite die Buchhandlung Raab. Die haben genug Auswahl", erklärte Jule. „Frau Raab, die Besitzerin, ist nett. So, hier bin ich zu Haus. Tschüs, bis Sonntag!"
Cordula besaß mal wieder keinen Pfennig. Sie würde was organisieren müssen. Konnte nicht schaden, mal das Terrain zu erkunden. Da war er ja schon, der Buchladen.
Cordula betrat zum ersten Mal in ihrem Leben eine Buchhandlung.
Meine Güte, gab es hier Bücher! Tische voller Bücher, Bücher an den Wänden, Drehregale mit Büchern – und kein Mensch zu sehen. *Die* Gelegenheit! Aber wo

fand sie, was sie suchte? Sie schob sich an den Tischen vorbei, betrachtete die Einbände und las die Titel. Lauter Zeug für Erwachsene. *Die Superfrau* hieß eines, bestimmt ein Porno, obwohl das Bild auf dem Einband gar nicht danach aussah. Alles Tarnung. *Beim nächsten Mann wird alles besser.* Ha, nur Erwachsene konnten auf so einen Spruch reinfallen.

Aber das hier, das könnte vielleicht spannend sein. *Im Netz der Zauberer*, las sie, *eine andere Geschichte der Familie Mann.* Dann war dies wohl die Fortsetzung, also musste es schon eine erste Geschichte davon geben. Cordula nahm das Buch in die Hand – es war ziemlich dick. Sie wollte es aufschlagen, da kam plötzlich eine Frau hinter einem Regal hervor. Cordula fuhr zusammen und legte es schnell hin.

Die Frau schien überhaupt nicht böse, obwohl sie gesehen haben musste, dass sie das Buch in der Hand hatte.

„Kann ich dir helfen?“, fragte sie.

„Das Buch da, ist es spannend?“

„Oh ja“, sagte die Frau, „aber wohl nicht so sehr für Kinder.“

„Auch nicht für Kinder von zwölf?“

„Bestimmt nicht. Aber du kannst gern mal reingucken, dann siehst du selbst …“

„Das ist erlaubt?“, fragte Cordula.

„Sicher, du musst nur vorsichtig damit umgehen. Wenn sie gebraucht aussehen, kauft sie keiner mehr.“

Cordula schlug das Buch auf und las: *Wie Heinrich, so schrieb auch Thomas in diesen Jahren an einem Roman, mit dessen Hauptfigur er sich noch mehr als mit Gestalten anderer seiner Werke iden-tifi-zierte.*

Was mochte dieser Schwachsinn bedeuten?
„Das finden Erwachsene spannend?"
„Manche. Komm, ich zeige dir, wo die Kinderbücher stehen. Suchst du für dich selbst oder brauchst du ein Geschenk?"
„Ein Geschenk für meine Freundin. Haben Sie auch Taschenbücher?"
„Gewiss doch. Die stehen hier. Du kannst in aller Ruhe gucken, kannst dich auf das Sofa hier setzen und lesen, so lange du willst."
„Oh, danke", sagte Cordula überrascht. „Aber ich hab kein Geld mit und –"
„Das macht nichts. Du kannst dir was aussuchen und kommst ein anderes Mal mit dem Geld und kaufst es."
Cordula dachte, die Frau würde stehen bleiben und aufpassen, dass sie nicht klaute. Aber sie ging nach vorne und ließ Cordula allein.
Cordula gefielen besonders die Taschenbücher mit den bunten Umschlägen.
Sie nahm einen ganzen Stoß davon, setzte sich auf das Sofa und sah sich ein paar Titel an: *Der Koffer mit dem doppelten Boden* – das schien spannend zu sein. *Ein altes Haus für Laura* hatte so ein ulkiges Bild vorne drauf, eine Katze mit Indianerkopfschmuck. Sie schlug es auf und begann zu lesen. Das Buch spielte in einem Dorf in der Eifel. Cordula las und las. Die Frau kümmerte sich nicht um sie.
Irgendwann schepperte die Ladenglocke, eine Kundin war eingetreten. Cordula hörte, wie die Frau mit ihr redete. Dann sagte die Kundin: „Bitte als Geschenk verpacken, Frau Raab."

Schade, dass Cordula kein Geld hatte. Es musste cool sein, an die Kasse zu spazieren und zu sagen:
„Bitte als Geschenk verpacken."
Überhaupt ging es ihr gegen den Strich, etwas zu klauen, wenn es so leicht und diese Frau Raab außerdem so nett war. Aber ein Geschenk musste sie haben, und so schob sie das Buch in die Plastiktasche zwischen ihre Schulbücher und ging Richtung Tür. Sie hatte nun doch Herzklopfen – wer weiß, vielleicht war eine Kamera irgendwo versteckt?
Frau Raab gab der Kundin gerade das Wechselgeld heraus. „Auf Wiedersehen", sagte sie freundlich zu Cordula.
Cordula fühlte sich ganz schön mies. Die waren ja so ahnungslos in der Kleinstadt, man könnte glatt den halben Laden ausrauben. Im Grunde müsste man die Frau warnen. Cordula könnte ihr zum Beispiel einen anonymen Brief schreiben …
Unterwegs holte Cordula noch das Nötigste im Tante-Emma-Laden: Brot, Milch, Mortadella und einen Kopfsalat für Meerschwein. Antjes Biofrühstück würde nicht für das ganze Wochenende reichen.
„Haben Sie auch Geschenkpapier, Frau Baier?"
„Nein, mein Gutes, aber Schrankpapier. Guck mal das hier, mit den Blümchen, ist das nicht hübsch?"
„Das geht, das nehm ich", sagte Cordula.
Frau Baier packte alles in eine braune Tüte. Cordula hatte nun schon einige Male hier anschreiben lassen, und bisher war immer alles gut gegangen.
Aber heute sagte Frau Baier: „Sag dem Baba einen schönen Gruß, Cordula, und er soll bald mal

vorbeikommen, wegen der Rechnung. Es muss halt alles seine Ordnung haben."

„Ich richte es aus", sagte sie, „tschüs und schönes Wochenende."

Freilich würde sie es ausrichten. Aber was half es? Sie würde sich nach einer anderen Einkaufsmöglichkeit umsehen müssen.

Am Nachmittag lag Cordula auf ihrem roten Deckbett und las weiter in *Ein altes Haus für Laura.* So eine Mutter wie Laura müsste sie haben ... Oder wenigstens so eine Oma Therese ...

Meerschwein lag neben ihr und schlief und schnurrte leise, wenn sie es ab und zu kraulte. Ihr Vater war nicht zu Hause.

Auf einmal schrillte die Türklingel. Wie elektrisiert sprang sie hoch. Wer mochte das sein? Die Fürsorgerin? Barfuß schlich sie in den Flur und spähte durch den Spion.

O Schreck, es war die Lehrerin, es war Frau Meister! Was konnte sie wollen? Nachschauen, ob sie tatsächlich eine so tolle Wohnung hatten, wie in Cordulas Aufsatz? Oder war es wegen der zehn Mark? Stocksteif blieb sie stehen und wagte nicht zu atmen.

Frau Meister drückte noch einmal auf den Klingelknopf. Als sich nichts rührte, trat sie in den Lift und fuhr wieder hinunter.

Über Cordula brach eine große Traurigkeit herein.

„Warum können sie uns nicht in Ruhe lassen, Meerschwein? Warum schnüffeln sie immer wieder hinter uns her?"

Mit Frau Meister hatte es jetzt angefangen, Frau Baier würde die Nächste sein oder diese Frau Heller. Dann würde jemand von der Wohnungsgesellschaft vor der Tür stehen. Und vorher würde man ihnen den Strom sperren. Dauernd würde einer vor der Tür stehen und was wollen. Bis es wieder so weit war, bis sie wieder wegmussten.

Der Fernseher

Am Samstagvormittag war Roland Kauth bereits um zehn Uhr aus dem Haus gegangen, um – wie er sagte – Geschäftsbesuche zu machen. Wahrscheinlich würde er zu Rodenbergs gehen und dort den Staubsauger vorführen. Cordula schätzte, dass sie ihn bis zum Abend nicht zu Gesicht bekommen würde. Sie nutzte die Gelegenheit und wusch ihre Jeans in der Badewanne. Dafür verbrauchte sie das letzte Shampoo. Obwohl sie sich große Mühe gab und die Hose mit der Wurzelbürste schrubbte, gelang es ihr nicht, sie ganz sauber zu kriegen. Mit der Dusche spülte sie die Seife heraus, wrang sie aus, so fest sie konnte, und hängte die Jeans über die Heizung. Na, wenigstens hatte sie morgen zum Geburtstag eine gewaschene, wenn auch keine *reine* Jeans.

Dann schlüpfte sie in Unterhose und T-Shirt unter das rote Deckbett und las zum zweiten Mal *Ein altes Haus für Laura.*

Meerschwein quiekte so laut und anhaltend, dass sie es aus dem Käfig holte, wo sie es zur Strafe eingesperrt hatte. Denn leider hatte es in die Zimmerecken gepinkelt und schreckliche orangerote Flecken hinterlassen. Bestimmt kam die Farbe von den Möhren. Das Dumme war nur, dass die Flecken weder mit Wasser noch mit Shampoo herausgegangen waren. Cordula hoffte, dass ihr Vater sie nicht so schnell entdecken würde, er konnte da sehr empfindlich sein.

Das Meerschwein verstand nicht, weshalb Cordula es bestrafen wollte, und quiekte kläglich, bis sie es zu sich ins Bett holte. Jetzt schnurrte und vibrierte es vor Freude, sodass Cordula lachen musste.
Es klingelte.
„Schon wieder“, sagte Cordula erschrocken und huschte zur Tür. Sie spähte durch das Glasauge und sah Jule und Antje draußen stehen. Im ersten Moment wollte sie voller Freude die Tür aufreißen. Sie bremste sich gerade noch rechtzeitig. Wie sollte sie die leere Wohnung erklären? Und dass ihre einzige Jeans über der Heizung hing und sie nicht rauskonnte?
„Keiner da“, hörte sie Antje sagen.
„Bestimmt ist sie mit ihrem Vater einkaufen gegangen“, sagte Jule, „lass uns mal durch die Stadt gehen, vielleicht treffen wir sie.“
Die beiden holten den Lift und verschwanden.
Oh, war das gemein, gemein, gemein! Wie gern wäre Cordula mit ihnen losgezogen! Halt, vielleicht war die Hose schon trocken genug? Dann konnte sie rasch hinterhersausen … Nein, sie war noch pitschenass, so konnte sie sie nicht anziehen!
Wut schoss in Cordula hoch, Wut auf ihren Vater, dem es egal war, ob sie was zum Anziehen, egal, ob sie was zu essen hatte! Der kaufte einfach einen Fernseher, und da stand es nun, dieses protzige Teil, dieser Scheißfernseher!
Blindlings nahm Cordula eine Flasche vom Boden und schmetterte sie gegen die Mattscheibe. Die Flasche zerbrach klirrend. Durch die Scheibe zog sich ein dicker Sprung und eine Anzahl feiner Risse – was hatte sie

jetzt bloß angerichtet? Wenn – wenn nun jemand kam und ihn wieder abholen wollte, weil er nicht bezahlt war?

Aber das Schlimmste war der Penner selbst. Er würde toben, und es würde nur ein Mittel geben, ihn zu besänftigen …

„Nein und nein und nochmals nein!“, schrie Cordula und trampelte mit den Füßen auf den Boden.

Erschrocken flüchtete Meerschwein in seinen Käfig und wagte nicht zu quieken.

Es war schon nach neun, als Cordula sich abends entschloss, nach Hause zu gehen. Sie fror erbärmlich in ihren noch immer leicht feuchten Jeans.

Sie bemühte sich, kein Geräusch zu machen, als sie die Wohnungstür aufschloss. Sie schlich in den Flur. Nirgendwo Licht, alles war still. Hoffentlich, hoffentlich war er nicht zu Hause!

Ohne Licht anzumachen, tastete sie sich zu ihrem Zimmer. Mist, sie hatte vergessen die Tür abzuschließen. Bierdunst schlug ihr entgegen. Auf ihrem roten Deckbett erkannte sie die Umrisse ihres Vaters.

Jetzt richtete er sich auf.

„Cordula“, lallte er. „Cordula, was hast du getan? Was hast du mit dem Fernseher gemacht?“

Cordula war starr vor Schreck.

Roland Kauth rappelte sich hoch. Er schwankte ein wenig, als er drohend auf Cordula zukam.

„Nein, nein, nicht!“, schrie Cordula, rannte ins Bad und verriegelte die Tür.

Ihr Vater rüttelte an der Klinke.

„Komm raus, Cordula, komm sofort raus, oder ich trete die Tür ein."
Was nun? Er würde es tun, er würde die Tür eintreten und –
„Tut mir Leid, Papa. Das mit dem Fernseher tut mir Leid. Ich weiß auch nicht, warum ich …" Sie begann verzweifelt zu schluchzen.
„Heul nicht." Auf einmal wurde seine Stimme sanft. „Nun heul doch nicht, meine Süße. Komm raus zu deinem Papi. Wir reden über alles, hörst du, Süße? Mit Papi kann man über alles reden."
„Gleich. Gleich komm ich, Papa. Ich muss bloß noch duschen, ja? Geh schon in dein Zimmer, Papa, ich komme gleich."
„Versprochen, meine Süße?"
„Versprochen. Nimm dir ein Bier so lange, Papa."
„Ja, ein Bierchen brauch ich. Noch ein Bierchen auf den Schreck. Was hast du dir bloß gedacht? Ach, Scheißfernseher …"
Cordula hielt den Atem an. Sie hörte ihn in die Küche tappen und an den Kühlschrank gehen. Hoffentlich, hoffentlich würde er nicht in ihr Zimmer zurückgehen. Nein, er ging in das große Zimmer.
Zusammengekrümmt saß Cordula in der trockenen Badewanne, horchte und wartete. Sie wartete eine Ewigkeit. Nichts rührte sich. Endlich traute sie sich, leise den Riegel zurückzuschieben. Als sie über den Flur in ihr Zimmer huschte, hörte sie ihren Vater durch die offene Tür schnarchen.

Antjes Geburtstag

„Ein Treckingbike", rief Jule ehrfürchtig beim Anblick des Fahrrads, das Antje von ihren Eltern zum Geburtstag bekommen hatte.
„Cool", pflichtete Cordula bei und nickte bewundernd. Jule ging um das Teil herum, begutachtete das stabile weiße Gestänge, prüfte die Polsterung des Sattels. Das war was anderes als ihr Klapprad vom Versandhandel. „Das hält was aus. Darf ich mal probieren?"
„Klar", sagte Antje.
Jule stieg auf, trat in die Pedale, sauste den Kiesweg hinunter und nahm die Kehre für den Rückweg so eng, dass das Rad sich auf die Seite legte und der Kies spritzte, aber sie kam wieder hoch, ohne umzufallen, und bremste dicht vor den Freundinnen.
„Du auch mal?", fragte sie Cordula.
„Lieber nicht, ich kann überhaupt nicht richtig Rad fahren …"
Sie hatte es irgendwann mal probiert, aber nie Gelegenheit gehabt, es richtig zu lernen. Sie wusste, dass sie Probleme beim Auf- und Absteigen hatte, und wollte sich nicht blamieren.
„Macht nix", sagte Jule, „das bringen wir dir bei, gell, Antje?"
„Klar", sagte Antje, „und wisst ihr was? In den Herbstferien machen wir Radtouren, wir drei. Wir fahren morgens schon los und nehmen uns ein Picknick mit und –"

„Klasse“, schrie Jule, „meine Mutter arbeitet ja nicht in den Ferien. Bestimmt erlaubt sie es!“
„Ich kann nicht mit, ich hab kein Fahrrad, selbst wenn ich fahren könnte“, sagte Cordula.
„Kein Problem, du nimmst mein altes. Du bist sowieso kleiner als ich, für dich wird es gerade noch richtig sein“, sagte Antje.
Frau Rodenberg rief die drei an den Kaffeetisch. Die anderen Gäste warteten schon. Die anderen, das waren Gerd und Holger, Antjes Cousins, und Kerstin, die kleine Cousine. Kerstin war erst neun, aber Gerd war vierzehn und Holger zwölf, beide gingen schon ins Gymnasium.
In letzter Minute wetzte noch Christine an.
„Kommt Sandra nicht?“, fragte Frau Rodenberg.
„Nein“, sagte Antje.
„Warum denn nicht?“, fragte Frau Rodenberg.
„Verhindert“, sagte Antje und stopfte sich rasch Apfeltorte in den Mund.
„Wieso verhindert?“, fragte Frau Rodenberg.
Antje kaute und bedeutete ihrer Mutter mit Gesten, dass sie mit vollem Mund nicht antworten könne.
„Was fällt dir denn ein, Antje, deine Gäste sitzen noch nicht am Tisch und du fällst schon über den Kuchen her?“
„Hab so ’n Hunger“, sagte Antje immer noch mit vollem Mund.
Beate Rodenberg freute sich insgeheim, dass es ihrer mäkeligen Tochter heute so schmeckte, und vergaß darüber ganz, der Sache mit Sandra auf den Grund zu gehen.

Jule atmete auf. Sie hatte schon befürchtet, dass sie endlos nachhaken würde.
Und Cordula fiel ein Stein vom Herzen. Es wäre ihr entsetzlich peinlich gewesen, wenn herausgekommen wäre, dass Sandra sie als Asoziale beschimpft hatte.
Endlich saßen alle um den gedeckten Tisch. Cordula betrachtete begeistert die tolle Dekoration. Die weiße Tischdecke war mit Konfetti bestreut, Tassen und Teller waren leuchtend rot. Die Vorhänge waren zugezogen und an Schnüren hingen Lampions, die ein angenehmes Schummerlicht verbreiteten. Auf der rosa verzierten Geburtstagstorte brannten elf winzige Kerzen.
Alle sangen „Happy Birthday", und dann musste Antje die Kerzen ausblasen. Natürlich schaffte sie es nicht auf einmal, sie musste dreimal ansetzen.
Cordula kam sich vor wie im Traum. So eine Geburtstagsfeier hatte sie noch nie erlebt.
Als sie vor ihren Kuchentellern saßen, fragte Holger anzüglich: „Was soll das hier sein? Eine Geburtstagsfeier? Und wieso sind wir nicht im Erlebnisbad? Und gehen hinterher Pizza essen, wie sich das gehört für einen Geburtstag?"
„Aber, aber", antwortete sein Bruder, „Erlebnisbad und schnöde Pizza, das ist doch nicht Beates Stil. Beate zieht eine gepflegte Kaffeetafel vor."
Frau Rodenberg war gerade mit einer Kanne voll Schokolade hereingekommen und hatte Gerds Bemerkung gehört.
So eine Gemeinheit, dachte Cordula, die arme Frau Rodenberg.

„Ihr Blödmänner", platzte sie heraus, „ich finde das alles ganz wunderbar, viel schöner als …"
Jule stupste sie in die Rippen: „Heh, die ziehen ihr doch bloß uff", flüsterte sie.
Die Jungen kicherten, und Beate Rodenberg lachte auch. Sie stellte die Kanne auf den Tisch und überließ sie wieder sich selbst.
Trotzdem waren es Blödmänner. Cordula konnte Jungen auch sonst nicht leiden. Sie verzog verächtlich die Lippen, wenn manche Mädchen so eine Getue um sie machten und anzüglich erzählten, wer mit wem ginge. Jule und Antje waren ihr auch deshalb so sympathisch, weil sie sich mit so einem Quatsch nicht abgaben. Schade, dass diese beiden Kotzbrocken heute dabei sein und die Stimmung stören mussten.
„Der Kuchen ist aber lecker", meinte Jule und nahm sich noch ein Stück, „wo habt ihr ihn gekauft?"
„Hat alles meine Mutter gebacken", sagte Antje.
„Das hätt ich nich gedacht, dass deine Mutter so gut backen kann."
„Wieso nicht?"
„Weil sie eine Studierte iss."
„Na und? Ist das ein Hindernis?", fragte Antje erstaunt. Die Jungen kicherten wieder.

Der Nachmittag war trotz der Jungen super verlaufen. Nach dem Kaffee hatten sie zuerst Pfänderspiele gemacht, auch Frau Rodenberg hatte sich beteiligt. Und dann war der Doktor erschienen, Antjes Vater, und hatte zur Schnitzeljagd aufgerufen: Erst durch den Garten, dann die Wiesenstraße hinunter bis in den

Schlosspark hatte die Spur geführt. Den Schatz hatten sie schließlich unter einer Weide am Birkbach ausgraben müssen. Es war ein eiserner Kasten gewesen, angefüllt mit Trillerpfeifen, Mundharmonikas und Kastagnetten.

„Damit ihr ordentlich Radau machen könnt“, hatte Herr Rodenberg gesagt. Und das hatten sie getan. Unter ohrenbetäubendem Pfeifen, Orgeln und Rasseln waren sie zurückgezogen. So nachdrücklich war die Birkenthaler Sonntagsruhe noch nie gestört worden.

Jetzt saßen sie vor Rohkostsalaten, Fleischbällchen und – Pfefferminztee.

„Waas“, hatte Gerd protestiert, „nicht mal zum Geburtstag eine unschuldige kleine Cola?“

„Nicht mal zum Geburtstag“, hatte Beate Rodenberg lachend erwidert.

„Wenn man jeden Tag Cola kriegt, ist Pfefferminztee etwas ganz, ganz Besonderes“, sagte Cordula.

Die Jungen kicherten wieder, und Jule sah Frau Rodenberg erwartungsvoll an. Aber nicht einmal jetzt hakte sie nach.

„Nicht wahr?“, sagte sie nur.

Sie waren fast fertig mit dem Abendessen, als der Doktor hereinkam und einen Überraschungsgast ankündigte.

„Bitte einen Tusch zur Begrüßung!“

Sie griffen nach ihren Instrumenten, jaulten, pfiffen, knallten – da ging die Tür auf und herein stolzierte Cordulas Vater. Er trug eine weite schwarze Pelerine, darunter ein gerüschtes weißes Hemd mit langen Spitzenmanschetten. Auf dem Kopf hatte er einen

schwarzen Zylinder, und in der Hand hielt er einen altmodischen kleinen Koffer.
In Cordula krampfte sich alles zusammen. Penner, dachte sie, elender Penner, muss er sich wieder einmischen, muss er mir alles kaputtmachen?
Roland Kauth machte eine tiefe Verbeugung vor Antje. Er gratulierte ihr zum Geburtstag, indem er zu Cordulas maßlosem Zorn Antje umarmte und sie links und rechts auf die Wange küsste.
„Da ich leider zu arm bin, dir etwas zu schenken, liebe Antje", rief er, „werde ich zu Ehren deines Wiegenfestes meine Zauberkünste zeigen."
Alle lachten und applaudierten wie verrückt. Cordula zog sich von den anderen zurück. Am liebsten hätte sie sich ganz verdrückt, aber das wäre zu sehr aufgefallen, das konnte sie nicht bringen.
„Komm, Cordula, assistiere mir."
„Nein", sagte sie trotzig.
Er bestand nicht darauf, sondern bat Christine, ihm zu helfen.
Cordula sah nicht hin, als er seine üblichen Tricks vorführte. Sie hasste seine Auftritte, seitdem sie ihn als kleines Mädchen nachts in die verrauchten Kneipen hatte begleiten und hinterher mit dem Teller hatte herumgehen müssen, um die Groschen einzusammeln. Eines Tages hatte das Jugendamt davon Wind bekommen, eine Fürsorgerin war erschienen und hatte *Konsequenzen* angedroht, wenn er weiterhin mit seiner kleinen Tochter nachts durch die Lokale ziehe.
Roland Kauth zog Taschentücher, lange Schals und Bälle aus seinem Hut. Zum Glück experimentierte er

nicht mehr mit Meerschwein. Es quiekte nämlich zum unpassendsten Zeitpunkt und hatte ihn einmal unsterblich blamiert.
Cordula hoffte, er würde mit den Kartenkunststücken schließen – aber nein, er musste auch noch „Gedanken lesen".
Zur Begeisterung seiner Zuschauer erriet Roland, dass Holger sich gefragt hatte, welche Tricks der Zauberer wohl anwende, und dass er sich soeben gewünscht habe, genauso gut zaubern zu können.
Er behauptete, Jule hätte gedacht, wenn doch ihr Vater auch zaubern könne. Und Jule bestätigte es.
Schließlich trat der Zauberer zu Antje, nahm ihre Hand in seine und knetete sie – Cordula hätte ihn am liebsten angeschrien: Betatsche meine Freundin nicht, du Penner! –, dann sagte er:
„Du vermisst etwas – jemanden. Jemand, der dir sehr nahe steht, ist dir im Augenblick fern, und du weißt nicht, warum."
Antje nickte eifrig.
„Es ist eine – Sie?"
Antje nickte wieder.
„Sie ist in diesem Raum?"
Antje nickte und strahlte, als Roland rief:
„Wo steckst du denn, Cordula? Deine Freundin hat Sehnsucht nach dir!"
Cordula tat der Kiefer weh, so biss sie die Zähne zusammen.
Beate Rodenberg hatte Cordula die ganze Zeit beobachtet. Es war geradezu unheimlich, wie dieses Kind seinen Vater liebte, wie eifersüchtig es war! Cordulas

Gesicht hatte sich verzerrt vor Hass, als ihr Vater Antjes Hand anfasste.
Als Cordula sich später verabschiedete, sagte Beate Rodenberg herzlich: „Komm wieder, Cordula, unsere Antje hat dich sehr gern."
„Ich sie auch", erwiderte Cordula tonlos.

Herbstferien

Die Herbstferien waren angebrochen, und das Wetter war einsame Spitze. Mitte Oktober schien die Sonne noch einmal sommerlich warm. Und der Himmel – noch nie hatte Cordula einen so tiefblauen Himmel gesehen – war ohne ein einziges Wölkchen.
Letzte Woche hatten Antje und Jule nachmittags mit Cordula Rad fahren geübt, und jetzt fuhr sie schon genauso gut wie die beiden anderen. Es hatte keinen Grund gegeben, weshalb sie nicht auf Antjes altem Rad den Ausflug mitmachen sollte.
Bevor sie losfuhren, hatte es heftige Ermahnungen von Jules und Antjes Mutter gegeben.
„Dass ihr mir bloß immer zusammenbleibt", hatte Marga Lehmann gesagt. „Wenn eene en Platten hat, steigen die anderen mit ab, und ihr looft zur nächsten Tankstelle. Und wenn ihr nich weiter wisst, fragt bloß kenen Kerl nach dem Weg. Immer eene Frau anquatschen, heert ihr?"
Beate Rodenberg hatte ähnliche Ermahnungen auf Lager: „Niemals in ein fremdes Auto einsteigen, immer zusammenbleiben. Wenn es brenzlig wird, laut ‚Papa, hier sind wir' schreien. Und wenn ihr in eine Situation geratet, in die ihr auf keinen Fall geraten sollt, im allerärgsten Notfall, dann müsst ihr dem Mann mit aller Kraft zwischen die Beine treten."
„Ich komme mir vor wie Rotkäppchen", sagte Antje, als sie dahinradelten, „bei meiner Mutter hat sich

das fast so angehört, wie: Hüte dich vor dem bösen Wolf."

„Ja, sie tun gerade, als ob Männer wilde Tiere wären", sagte Jule.

Cordula sagte nichts.

„Macht dein Vater auch so ein Gedöhns?", fragte Jule.

„Na, sicher", antwortete Cordula einsilbig.

Der Weg führte bergan. Sie keuchten vor Anstrengung und hatten keine Puste zum Weiterreden.

Endlich hatten sie die Kuppe des Hügels erreicht. Sie stiegen ab. Hinter ihnen lagen Wiesen und bunte Weinberge, und vor ihnen führte der Radwanderweg in den Wald, in dem die Bäume rot und gelb leuchteten.

„Ich bin für eine Stärkung", sagte Jule.

„Au ja, suchen wir uns einen Platz."

Sie fanden ein sonnenbeschienenes Plätzchen mit flachen Steinen zwischen dem Heidekraut.

Die Räder lehnten sie gegen einen Baum, dann packten sie ihr Picknick aus. Antje hatte Vollkornbrot mit Brennnesselkäse, Tomaten, eine grüne Gurke, Weintrauben und eine Thermoskanne mit Kräutertee.

Jule hatte Leberwurst- und Schinkenbrot, harte Eier und Orangensaft.

Cordula packte Nutellabrötchen aus. Etwas zu trinken mitzunehmen, hatte sie vergessen.

„Mhm, Nutella", sagten die beiden anderen. Und sie tauschten ihre Leckerbissen untereinander aus.

„Schade, dass meine Mutter grundsätzlich keine Nutella kauft", sagte Antje. „Zu süß und zu ungesund, meint sie. Bestimmst du eigentlich selbst, was dein Vater dir zum Frühstück mitgibt, Cordula?"

„Ich mach mir mein Frühstück immer selbst“, erwiderte Cordula gedankenlos.
„Ich denke, dein Vater kann so gut kochen und macht alles im Haushalt?“
„Klar, macht er. Aber er muss zu viel arbeiten, da nehm ich ihm was ab.“
„Dein Vater ist ein sehr, sehr netter Mann, stimmt's Jule?“
„Und ob. Wie der diese Zaubervorstellung abgezogen hat – einfach cool. Kommt gut an, dein Vater.“
„Na ja“, sagte Cordula.
„Fährst du in den Ferien eigentlich nicht zu deiner Mutter?“, fragte Antje.
Cordula schüttelte den Kopf.
„Nö. Wenn ihr's genau wissen wollt – ich hab sie seit sechs Jahren nicht gesehen. Ich kann mich gar nicht mehr richtig an sie erinnern.“
„Will deine Mutter nicht, dass du sie besuchst?“, fragte Jule.
„Weiß nich, lass mich in Ruhe mit der alten Hexe“, murmelte Cordula.
„Glaub ich dir, dass sie eine alte Hexe ist – wenn sie nich mal ihr eigenes Kind sehen will. Und wenn sie sich von deinem Vater getrennt hat, so lustig und dufte, wie der ist“, sagte Jule.
Jule besuchte hin und wieder ihren richtigen Vater, weil der das unbedingt wollte. Aber sie tat es nicht besonders gern, er war ihr immer ein bisschen fremd. Und inzwischen mochte sie Udo, ihren zweiten Vater, lieber.
Cordula hatte in letzter Zeit öfter an die Fürsorgerin gedacht, die behauptet hatte, dass ihre Mutter seit

Jahren darum kämpfe, sie sehen zu dürfen. Dass sie sogar Unterhalt zahle. Ihr Vater hatte es abgestritten. Das kann die gar nicht wissen, hatte er behauptet. Cordula hatte überlegt, ob sie einfach mal allein hingehen sollte, zu dieser Frau Heller. Sie hatte doch ein Recht, die Wahrheit zu erfahren. Aber das Gefühl, dass Frau Heller sie überreden wollte, zu ihrer Mutter oder ins Heim zu gehen, hielt sie davon ab.

Jule knüpfte an das Gespräch von unterwegs an.

„Mich würde mal interessieren, ob man so 'n Monster erkennt. Wie sieht denn einer aus, der rumläuft und Kinder vergewaltigt und sie abmurkst?", sagte sie.

„Meine Mutter sagt, wie alle anderen", meinte Antje. „Sie sagt, die sind Gott sei Dank selten. Viel öfter, sagt meine Mutter, kommt es vor, dass ein Vater oder Großvater ein Kind anfasst. Ohne abmurksen."

Jule schüttelte den Kopf.

„Entschuldige, das glaub ich nich, und wenn es hundertmal in ihren schlauen Büchern steht. Mein Vater würde so was nich machen. Und Udo nich und keiner in Birkenthal. Und überhaupt – Kinder lassen sich nicht alles gefallen, so was käme doch sofort raus."

„Vorstellen kann ich mir das auch nicht", sagte Antje, „aber meine Mutter muss es schließlich wissen."

Cordula hatte sich nicht an dem Gespräch beteiligt. Sie saß stocksteif da, und ohne dass sie es wusste, rissen ihre Finger unablässig das Gras aus, das rings um ihren Platz wuchs.

„Was machst du denn, Cordula", fragte Jule entgeistert, „warum rupfst du denn das ganze Gras ab?"

Cordula sah ins Leere, ihre Hände rupften weiter.

Plötzlich spürte sie den Blick der beiden anderen auf sich und hielt inne.

„Weiß nicht, meine Hände wollten irgendwas machen. Mir ist langweilig. Fahren wir weiter?“

Sie standen auf und packten zusammen.

Ihr habt ja keine Ahnung, dachte Cordula, als sie wieder auf dem Rad saß. Würdet ihr mir glauben? Würdet ihr glauben, dass mein toller Vater so einer ist? *Du spinnst, Cordula,* würdet ihr sagen …

Cordula trat heftig in die Pedale, sie überholte Antje und Jule und fuhr jetzt an der Spitze.

Und würdet ihr so eine zur Freundin wollen? Die versaute Cordula? Ist doch selber schuld, warum lässt sie es sich gefallen?

Selber schuld, das sagte der Penner auch. *Was denn, hab ich dich vergewaltigt? Na siehste, so kleen warste und wolltest deinen Spaß haben …*

Das stimmte nicht, sie hatte nicht freiwillig stillgehalten. Spaß?! ANGST hatte sie gehabt, wenn er so schrecklich geschnauft hatte, wenn er gestöhnt hatte, *hilf mir, meine Süße* – ANGST. Sie hatte bloß gewollt, dass er aufhörte so zu schnaufen. Hatte gewollt, dass er wieder *Papi* wurde, der normale *Papi* …

Ganz zu Anfang hatte sie gar nicht gewusst, was das war. Sie war im Finsteren aufgewacht und hatte dieses heiße Fleisch gespürt. Sie hatte gemeint, ihr Vater wäre krank. Und morgens hatte sie nicht gewusst, ob sie das wirklich erlebt hatte. *Du hast alles nur geträumt, meine Süße …*

Nein, sie hatte sich nicht gewehrt, auch nicht laut geschrien, bloß gewimmert. *Wenn du schreist, kommt die Hexe und holt dich.* Ihre Mutter, die Hexe.

Sie hatte ihn gern gehabt – schrecklich gern. Er hatte ihr Leid getan, der arme *Papi*.
Das hatte sie nun davon! Cordula trat in die Pedale wie verrückt. Sie schoss dahin wie ein Pfeil. Sie war der Pfeil, den der Teufel abgeschossen hatte. Keiner, keiner, keiner konnte sie einholen!
Weit hinten hörte sie die anderen rufen:
„Cordula, so warte doch, Cordula, halt an – bist du verrückt?"
Sie bremste die Geschwindigkeit ab und hielt an. Sie zog die Nase hoch und merkte, dass ihr Gesicht nass war von Tränen. Sie wischte es am Jackenärmel ab.

Am Abend taten ihnen Hintern und Beine weh, besonders Cordula, die Radfahren nicht gewohnt war. Aber trotz des Muskelkaters waren sie am nächsten Tag wieder unterwegs. Und an den beiden darauf folgenden Tagen – solange das blaugoldene Wetter anhielt.
Cordula fühlte sich wunderbar – so frei wie ein Vogel. Morgens schlich sie sich in aller Frühe aus der Wohnung. Nix wie raus hier, wo es nach Bier und Kippen stank. Hinaus in den sauberen, kühlen Morgen, aufs Rad und zu Antje geflitzt. Dort trafen sich die drei erst mal zum Frühstück.
Und dann wieder aufs Rad und weg. Weg von dem ganzen Schlamassel, in die Pedale treten und dahinfliegen. Schreit doch nicht immer halt, dahinten. Fahrt schneller, ihr Schnecken, schneller, schneller. Ich bin der Pfeil des Teufels. Niemand hält mich auf!
„Was du aus dem alten Rad herausholst", sagte Antje, „da komm ich nicht mit auf meinem Treckingbike."

„Mut haste“, sagte Jule, „aber Mensch, das iss doch gefährlich, so zu rasen!“
Es war Cordula nicht möglich, langsam zu fahren. Nach einer Weile trat sie wieder in die Pedale wie verrückt und schrie wie besessen ... Krieg mich, du Penner! Nie wieder kriegst du mich!

Am vierten Tag, es war ein Donnerstag, kam Wind auf. Er trieb Wolken vor sich her, die die Sonne verdeckten. Die drei hatten sich heute die Ebersburg als Ziel vorgenommen. Begeistert kletterten sie in den Ruinen herum, auch auf den baufälligen Turm, wo es eigentlich verboten war. Erst als fette Regentropfen fielen, merkten sie, dass die Sonne nicht mehr schien und das Wetter umgeschlagen war.
„Ab nach Hause!“, sagte Jule.
Aber als sie auf ihren Rädern saßen und den Berg hinunterfahren wollten, setzte der Regen erst richtig ein. Es goss wie aus Kübeln, und es war so finster, dass sie die Straße nicht mehr erkennen konnten.
„Wir gehen besser zurück zur Burg und stellen uns in dem kleinen Keller dort unter“, meinte Jule.
Zum Glück kannten sie sich aus. Sie hatten vorhin ein unterirdisches Gelass entdeckt und fanden jetzt trotz der Finsternis die schadhafte kleine Treppe wieder, die hinunterführte. Nur leider waren sie pitschenass, als sie endlich im Trockenen angelangt waren. Draußen prasselte der Regen. Nach kurzer Zeit froren sie wie die Schneider.
Antje fiel ein, dass sie noch eine fast volle Thermoskanne Pfefferminztee hatte.

„Ein Segen, dass deine Mutter auf so was steht", sagte Jule, während sie sich die Hände an dem heißen Becher wärmte. Die heiße Flüssigkeit tat ihnen gut, und dann hüpften sie ein wenig, um sich warm zu machen.
„Wenn nun plötzlich ein Gespenst käme?", fragte Antje.
Das war das Stichwort. Sie begannen sich auszumalen, wie sie das Gespenst in die Flucht schlagen könnten.
Endlich schien der Regen nachzulassen.
„Wenn wir warten, bis es ganz aufhört, müssen wir vielleicht hier übernachten", meinte Antje.
Nein, dazu hatten sie weiß Gott keine Lust.
„Daheim werden sie gerade einen Aufstand machen und miteinander telefonieren, deine und meine Mutter", meinte Jule.
„Du könntest uns eigentlich mal eure Telefonnummer geben."
„Wir haben kein Telefon."
„Was?! Wie macht dein Vater denn Geschäfte ohne Telefon?"
Cordula zuckte die Achseln. Warum mussten sie bloß ständig von ihrem Vater reden?

Regenwetter

Nein – nicht, nicht! Cordula schnellte hoch. Geträumt – sie hatte es nur geträumt. Sie lag allein unter dem roten Deckbett, in ihrem sorgfältig abgeschlossenen Zimmer.

Der Regen trommelte ans Fenster. Heute konnten sie nicht Rad fahren, heute würden sie zu Hause bleiben müssen. Ächz, wenn doch die Ferien bloß schon vorbei wären. Heute war Freitag, am Montag erst ging die Schule wieder an. Wenn es doch Montag wäre, wenn sie bloß nicht hier liegen müsste und nach draußen horchen, ob er da war, ob er sich in der Wohnung bewegte.

Dieser Stich – immer hatte sie diesen Stich im Magen, wenn sie daran dachte … Obwohl er es nur das eine Mal wirklich versucht hatte, nachdem sie ihm damit gedroht hatte, zum Jugendamt zu gehen.

Vergangenen Samstag hatte er gesagt:

„Heute gehen wir zusammen einkaufen, meine Süße."

Wenn sie das schon hörte, wenn er *meine Süße* sagte, zog sich ihr die Kopfhaut zusammen vor Abwehr.

Er hatte das Geld bekommen vom Sozialamt. Die Miete hatte er davon bestimmt nicht bezahlt. Woher hätte er sonst Geld gehabt?

Sie waren in die Hauptstraße gegangen, in „die Stadt".

Cordula hatte Schuhe bekommen, richtige Lederschuhe. Und zwei Jeans, zwei Pullover und einen Anorak mit warmem Futter.

„Such dir aus, was dir gefällt, meine Süße. Zieh doch mal diesen roten Nicki an, der müsste dir wunderbar stehen!"
„Oh, super", hatten die Verkäuferinnen beigepflichtet. Hin und weg waren sie von ihm. Ihr Vater hatte mal wieder voll seinen Charme raushängen lassen.
„Schade", hatte Cordula die eine der anderen zuflüstern hören, „schade, dass er so ein bockiges Kind hat. Der Mann könnte mir gefallen …"
Natürlich hatte sie den roten Nicki nicht genommen, nun gerade nicht. Einen dunkelblauen mit weißen Streifen hatte sie ausgesucht und das graue Fleeceshirt.
„Viel zu trist für meine Süße. Willst du wie deine eigene Großmutter aussehen?"
Die Verkäuferinnen hatten provozierend gekichert. Aber Cordula hatte sich in ihrer Wahl nicht beeinflussen lassen.
„Kann ich mir selbst was aussuchen, oder muss ich nehmen, was du mir kaufst?", hatte sie gefragt.
Mit dem Anorak war es ähnlich abgelaufen. Einen bunten mit Micky-Maus-Muster hatte er ihr einreden wollen.
„Nö, den da will ich", hatte sie gesagt. So einen in Khakigrün hatte Antje auch. Cool.
Sie war stur geblieben, er hatte wieder nachgeben müssen.
„Hast du noch einen Wunsch, meine Süße?", hatte er in Hörweite der Verkäuferinnen gefragt.
„Ja, Papa", hatte sie gesagt und freundlich gegrinst, „jetzt gehen wir zu Frau Baier und bezahlen unsere Schulden."

„Na klar doch, das hatte ich ja ganz vergessen …“

Er war dann tatsächlich mitgegangen und hatte bezahlt. Dreiundachtzig Mark fünfundsiebzig. Und natürlich hatte er Frau Baier eingewickelt.

„… was hast du nur für einen lieben Baba, mein Gutes!“

Cordula war ein Stein vom Herzen gefallen, nicht weil sie so furchtbar ehrlich war, sondern weil sie in Zukunft wieder problemlos bei Frau Baier anschreiben lassen konnte.

Die Türklingel schrillte – Cordula schreckte zusammen. Letzte Woche, immer wenn sie nachmittags zu Hause war, hatte es ziemlich oft geklingelt. Frau Meister hatte es mehrmals versucht, Frau Heller hatte zweimal vor der Tür gestanden und verschiedene andere Leute, die Cordula nicht kannte. Ob schon jemand von der Wohnungsgesellschaft dabei gewesen war?

Was hatte bloß diese Heller gewollt? Cordula hatte nicht mehr geklaut, seit – seit sie das Buch für Antje mitgenommen hatte. Das hatte doch keiner gemerkt. Und mit der Schule war auch alles in Ordnung …

Eigentlich hätte sie die Fürsorgerin gerne mal gefragt, wieso sie so komische Sachen behauptete – dass ihre Mutter Unterhalt gezahlt hätte und so weiter. Konnte es sein, dass er sie angelogen hatte, der Penner? Die ganzen Jahre gelogen? Nicht, dass sie mit der alten Hexe etwas zu tun haben wollte – aber Bescheid wollte sie wissen.

Wie konnte sie bloß rauskriegen, was Sache war? Natürlich konnte sie nicht so dämlich sein, die Fürsorgerin in die Wohnung zu lassen.

Ob sie nicht doch einfach mal hinginge? Ins Amt? Allein, ohne ihren Vater? So übel war die ja gar nicht gewesen, die Heller.
Und wenn die sie nun voll quatschte mit Pflegefamilie oder Heim? Dann musste Cordula auf Durchzug schalten. Die konnte ihr gar nichts.
Am besten, sie versuchte es gleich. Heute war Freitag, vielleicht war sie ja vormittags in ihrem Büro. Entschlossen warf Cordula das rote Deckbett zur Seite und sprang auf.

Frau Heller sagte nicht, was führt dich her, sondern: „Prima, dass du mal bei mir reinschaust."
Sie erkundigte sich, wie Cordula die Herbstferien verbracht hatte, und Cordula erzählte ihr von den Radtouren. Irgendwie war es ganz locker.
Dann streckte jemand den Kopf zur Tür herein und wollte Frau Heller sprechen.
Mist, dachte Cordula, jetzt bin ich ganz umsonst hergekommen.
Aber Frau Heller sagte: „Ich bin hier im Gespräch, es dauert noch ein Weilchen."
Und zu Cordula sagte sie: „Hast du was auf dem Herzen, Cordula?"
Cordula holte Luft.
„Stimmt es, was Sie neulich gesagt haben? Stimmt es, dass meine Mutter Unterhalt für mich zahlt?"
„Es stimmt. Sie zahlt jeden Monat vierhundert Mark an das Sozialamt. Und das Sozialamt zahlt es an deinen Vater weiter."
„Warum zuerst an das Sozialamt?"

„Anfangs sind versehentlich Doppelzahlungen vorgekommen, das Sozialamt hat für dich gezahlt und deine Mutter auch."
Und wenn die noch so vornehm von Doppelzahlungen sülzte, ihr Vater hatte beschissen, das war Cordula klar.
„Warum hat er mich bloß so unverschämt angelogen?"
„Vielleicht hat er Angst, dich zu verlieren? Angst, du könntest deine Mutter kennen lernen wollen."
„Will ich aber nicht."
„Bist du gar nicht neugierig?"
Neugierig bin ich schon, dachte Cordula. Ich wollte, ich hätte eine Tarnkappe, dann könnte ich sie heimlich beobachten und sehen, wie sie ist. Ohne dass sie es merkt.
„Ich weiß nicht mehr viel von ihr. Aber das, was ich noch weiß, iss ätzend."
„Denkst du, es gab überhaupt nichts Gutes? Oder hast du es vergessen?"
Cordula zuckte die Achseln.
„Stimmt es, dass sie mich die ganze Zeit sehen wollte?"
„Ja. Hat nie jemand mit dir darüber gesprochen?"
Cordula schüttelte den Kopf.
„Ich will sie sowieso nicht sehen."
„Überlege es dir, wenn du möchtest, kann ich arrangieren, dass du sie hier triffst."
„Ohne dass mein Vater davon erfährt?"
„Dein Vater müsste es selbstverständlich erfahren. Aber lass das meine Sorge sein. Ich würde mit ihm sprechen."
„Und Sie denken, meine Mutter würde extra nach Birkenthal kommen, um mich kurz mal zu sehen?"
„Ja, da bin ich ganz sicher."

Cordula glaubte es nicht. Nicht die Hexe. Die wollte sie doch nur ihrem Vater wegschnappen, deswegen tat sie, als ob ihr etwas an Cordula läge. Warum merkte die Heller das nicht? Bekloppt, diese Erwachsenen.
Cordula hob den Kopf und sah die Sozialarbeiterin trotzig an.
„Warum stehen Sie auf ihrer Seite? Sonst glauben immer alle meinem Vater."
„Ich stehe nicht auf ihrer Seite und nicht auf Seiten deines Vaters. Ich stehe auf deiner Seite."
„Ha-ha", sagte Cordula.
„Und ich denke", sagte Frau Heller unbeirrt, „dass du gar kein lustiges Leben hast, mit dieser Umzieherei. Und auch sonst."
„Es geht", sagte Cordula und drehte den Kopf weg. Unangenehm, wie die einen anglotzte. Als ob – als ob sie alles wüsste.

Der nächste Tag war ein Samstag. Als Cordula aufwachte, regnete es noch immer.
War das ein toller Tag gewesen, gestern. Nach dem Besuch bei Frau Heller war sie zu Antje gegangen und den ganzen Nachmittag dort geblieben. Frau Rodenberg hatte sie sogar zum Mittagessen eingeladen. Und danach war Jule gekommen, und sie hatten gespielt und gespielt. *Mensch, ärgere dich nicht* und *Scrabble* und noch ein paar Spiele, die sie vorher nicht kannte. Als Jule heimgehen musste, hatten sie sich auf Antjes Bett gelegt und gelesen. Antje besaß tolle Bücher. Cordula hätte sich gern eines ausgeliehen, aber sie traute sich nicht.

Am liebsten würde sie heute gleich wieder zu Rodenbergs gehen, aber es war noch zu früh. Und wer weiß, vielleicht fiel es auf, wenn sie immer dort war? Es war ihr so vorgekommen, als habe Antjes Vater erstaunt geguckt, als sie zum Abendessen noch immer da war.
Plötzlich kam ihr eine Idee. Klasse, das würde sie machen! Sie sprang auf, zog sich in Windeseile an und versorgte Meerschwein mit den letzten Apfelschnitzen. Dann trank sie den Rest Milch – heute waren nicht einmal mehr Zwiebäcke da. Sie müsste dringend einkaufen. Später. Sie fuhr in den Anorak und schloss ihr Zimmer ab. Nichts wie weg, ehe er wach wurde.
Als sie die Wohnung verlassen wollte, hörte sie ihren Vater aus seinem Zimmer tappen. Sie nahm sich nicht die Zeit, die Wohnungstür zuzuwerfen oder den Lift zu holen, sondern rannte, so schnell sie konnte, die Treppe hinunter.
„Cordula“, hörte sie ihn rufen, „Cordula, hier geblieben – wo willst du schon wieder hin?“
„Einkaufen“, schrie sie und hastete weiter.
Wieder mal entkommen!
„Penner“, murmelte sie verächtlich und machte sich voller Vorfreude auf den Weg in die Stadt.

Schwarzer Samstag

Antje langweilte sich. Sie stand am Fenster und sah in den Regen. Warum kam denn keine? Keine Jule, keine Cordula? Antjes Eltern arbeiteten heute nicht. Sie waren einkaufen gefahren und würden so schnell nicht zurückkommen.
Zu Cordula zu gehen, war witzlos. Nie machte dort jemand auf. Cordula hatte gesagt, ihr Vater hätte ihr verboten, jemand in die Wohnung zu lassen. Ob das stimmte?
Antje hatte ihre Mutter zu ihrem Vater sagen hören, Cordula müsse extrem eifersüchtig sein. Konnte schon sein, dass sie Recht hatte. Jedenfalls war Cordula immer merkwürdig verschlossen, wenn es um ihren Vater ging. Vielleicht gönnte sie ihn niemand anderem?
Na, egal, sie konnte ja mal zu Lehmanns gehen und gucken, was Jule machte.
Sie nahm einen Zettel aus dem Zettelkasten, schrieb darauf: *Bin bei Jule*, und legte ihn neben den Anrufbeantworter.
Sie zog ihr Regenzeug an und schloss die Haustür ab. Gehen oder fahren? Trotz des Regens entschied sie sich für das Fahrrad.

Jule musste die kleinen Brüder hüten. Sie war schwer in Aktion, René hatte Durchfall und schiss alle fünf Minuten die Windeln voll. Peter und Pauli stritten sich, und Pauli plärrte.

„Udo iss zur Schicht und meine Mutter einkaufen. Iss nich gerade gemütlich hier …"
Antje wäre ja geblieben und hätte ihr geholfen, aber Renés Windeln stanken so, dass sie nur mit Mühe den Brechreiz unterdrückte.
„Ich versuch's mal bei Cordula, vielleicht macht sie ja doch mal auf. Dann komme ich mit ihr zusammen zurück."
Vielleicht hatte der Gestank sich bis dahin verzogen.
Jule war ein bisschen beleidigt. Sie hatte Antje angesehen, dass sie sich vor René ekelte. Als ob ihr das Spaß machte! Na ja, feine Leute konnten sich eine Feine-Leute-Nase leisten …
Bei Cordula würde sie sowieso nicht reinkommen. Schon merkwürdig, dass Herr Kauth nie Kinder in die Wohnung ließ, wo er doch sonst so nett war.

Antje fuhr zum Heckenweg. Sie stellte ihr Fahrrad in den Fahrradständer. Zum Anschließen nahm sie sich nicht die Zeit. Sie drückte auf den Knopf für den Lift und fuhr in den vierten Stock. Die Tür mit dem Pappschild, auf dem mit Bleistift *Kauth* geschrieben stand, war nur angelehnt. Antje stieß sie ein wenig weiter auf und blieb stehen.
„Cordula", rief sie. Keine Antwort. „Cordula", rief sie lauter.
Sie hörte, dass die Toilette abgezogen wurde. Na also, dachte sie.
Herr Kauth kam aus der Tür. Er hatte rote Jogginghosen an und einen nackten Oberkörper. Seine Haare waren verstrubbelt und sein Gesicht war ganz rot.

Bestimmt war er gerade erst aufgestanden.
„Da iss ja die Antje“, sagte er freundlich. Er machte die Flurtür hinter ihr zu und öffnete eine Zimmertür.
„Nur immer rin in die gute Stube“, sagte er.
Komisch, das Zimmer war fast leer. Es roch irgendwie sauer. Und nach kaltem Rauch. An der Wand stand ein Kasten mit vollen und leeren Bierflaschen, und auf dem Teppich lagen Kronkorken und Zigarettenkippen. Mitten im Raum stand ein riesiger Fernseher mit einer zersprungenen Mattscheibe. Antje war ziemlich verwirrt.
„Mach dir nischt draus, wie es hier aussieht“, sagte Herr Kauth, „gestern Abend habe ich mit ein paar Kollegen ein bisschen gefeiert, verstehste?“
„Schläft Cordula noch?“, fragte sie.
„Nee, nee, die iss einkaufen gegangen. Sie muss gleich zurück sein. Komm, wir machen es uns so lange gemütlich.“
Er griff sich eine Bierflasche, öffnete sie und setzte sich auf den Boden.
„Setz dich zu mir. Wenn Cordula kommt, frühstücken wir zusammen.“
„Ich hab schon“, sagte Antje unschlüssig, „ich wollte nur –“
„Da setz dich her.“ Er nahm einen Schluck aus der Flasche.
Antje setzte sich. Ihre Blicke streiften den kaputten Fernseher.
„Ja, da guckst du, Antje. Das hat die Cordula angestellt, hat mir den funkelnagelneuen Fernseher kaputtgemacht. Das hättest du ihr nicht zugetraut, was?“

„Nein“, sagte Antje überrascht.
„Tja, Antje, die Cordula, die macht ihrem armen, alten Papi ganz viel Kummer. Ich weiß bald nicht mehr, was ich machen soll. Hab mir schon überlegt, ob ich mal zu deiner Mutti in die Erziehungsberatung gehe. So setzt sie mir zu …“
Antje machte runde Augen. „Aber wieso – wieso macht sie denn so was?“
„Sei mal ehrlich, Antje, du hast doch auch schon gemerkt, dass die Cordula lügt – na ja, sagen wir, dass sie phantasiert, dass sie sich Stories ausdenkt und für die Wahrheit ausgibt?“
„Nö, das hab ich nicht gemerkt“, sagte Antje. Obwohl – Cordulas Behauptung, ihr Vater lasse keine Kinder in die Wohnung, die stimmte ja nun offensichtlich nicht.
„Können Sie eigentlich kochen, Herr Kauth?“, fragte Antje aus einem plötzlichen Einfall heraus.
„Klar kann ich kochen“, lachte er, „hat sie das erzählt?“
„Ja“, sagte Antje, „aber was Schlechtes hat sie nie über Sie erzählt, Herr Kauth.“
„Da bin ich ja froh“, er nahm einen Schluck aus der Flasche. „Magst du einen kleinen Schluck Bier, Antje?“ Er kniff ein Auge zu.
Meinte er das ernst?
„Nein, danke“, sagte sie.
„Hast du noch nie Bier versucht oder ein bisschen Wein?“
„Nein, nie.“ Aber das stimmte nicht ganz. Vor Jahren hatte sie einmal heimlich die Reste aus den Weingläsern ihrer Eltern gekostet. Es hatte enttäuschend geschmeckt – sauer.

„Weißt du, Antje, im Leben jeder Frau kommt der Augenblick, wo sie zum ersten Mal ein Schlückchen trinkt. Mach mir die Freude, Antje, trinke mit Papa Kauth dein allererstes Schlückchen. Nur ein kleines, versteht sich. Dabei kann überhaupt nichts passieren. Ich hole dir eine frische Flasche und ein Glas.“
Er stand auf, es schien wahrhaftig sein Ernst zu sein. Im Leben jeder *Frau* hatte er gesagt! Antje war perplex, sie wusste gar nicht, was sie dazu sagen sollte.
Er kam mit zwei sauberen Gläsern aus der Küche und goss langsam ein. Es bildeten sich steife weiße Schaumkronen auf dem Bier. Sah richtig lecker aus.
„Ihr erstes Bier, Madame“, er verbeugte sich und reichte ihr ein Glas.
„Das bleibt jetzt unser Geheimnis. Du erzählst niemand was davon und ich auch nicht, okay?“
„Okay“, sagte Antje, und sie stießen mit den Gläsern an.
Antje fühlte sich wunderbar. Sie fühlte sich, als wäre sie eine weltgewandte, erwachsene Frau.
Das Bier schmeckte gar nicht mal schlecht. Ein wenig bitter, aber erfrischend. Sie nahm noch einen Schluck.
„Wo bleibt eigentlich Cordula?“, fragte sie und merkte, dass es ihr gar nicht recht wäre, wenn die Freundin plötzlich dazukäme.
„Wer weiß, wo sie sich wieder rumtreibt und wann sie zurückkommt. Ach, ich mache mir solche Sorgen um sie …“
Er seufzte und trank.
„Ich wünschte mir, die Cordula wäre ein bisschen so wie du – einfühlsam und sensibel. Ach, wenn ich bloß

mal einen Menschen hätte, der mir zuhört, bei dem ich mir alles von der Seele quatschen könnte …"
Dann sollten Sie vielleicht doch mal zu meiner Mutter in die Beratungsstelle gehen, hatte Antje sagen wollen. Aber vielleicht wäre das zu unsensibel? Vielleicht wollte er ja, dass sie, Antje, ihm zuhörte?
„Ach, Antje", seufzte er, und einen Augenblick befürchtete sie, er würde zu weinen anfangen.
„Ich – ich würde Ihnen gerne helfen, Herr Kauth, vielleicht können Sie es mir erzählen, das mit Ihren Sorgen …"
Sie hatte gewaltiges Herzklopfen. Bisher hatte noch niemand gemerkt, dass sie eine großartige Psychologin war, besser als ihre Mutter. Sie würde einen erwachsenen Menschen beraten, ihm neuen Lebensmut geben …
„Ach, Antje – nein, du kannst mir nicht helfen. Niemand kann mir helfen", sagte Herr Kauth mit traurigen Augen und machte eine neue Flasche Bier auf.
„Also", sagte Antje und stand auf, „dann geh ich jetzt mal."
„Was", rief er, „du lässt mich allein? Und ich hatte mich so gefreut, dass mir endlich jemand zuhört, dass ich endlich mal mit jemand quatschen kann. Die Cordula, der ist alles egal, die kümmert sich nich um ihren Papi, die lässt mich immer alleene."
Was sollte Antje dazu sagen, was würde ihre Mutter jetzt machen? Ihr war auf einmal unbehaglich, sie wollte weg. Aber durfte sie einen Menschen mit so viel Kummer allein lassen?

„Weißt du was?“, rief Roland Kauth und sprang auf die Füße. „Ich zeig dir ein paar Kartenkunststücke, magste?“
Na gut, wenn er dadurch von seinem Kummer abgelenkt wurde, konnte sie sich ja seine Kartenkunststücke ansehen.
Er holte die Spielkarten aus dem Nebenzimmer.
„Heb ab“, sagte er.

Cordula hatte ein ganzes Taschenbuch ausgelesen: *Lisa und die Limonadenmutter* hieß es, von einem Ted van Lieshout, es war komisch und gruselig zugleich.
„Musst du denn gar nicht heim?“, fragte Frau Raab das Kind mit den heißen Backen.
„Ist es schon spät?“
„Es ist beinahe zwölf.“
„Oh“, sagte sie, „da muss ich aber flitzen.“
Sie stand auf, zog ihre Jacke an und zögerte, ob sie ein Buch in die große Tasche ihres Anoraks gleiten lassen sollte. Aber sie widerstand. Sie wollte die nette Frau nicht beklauen. Und sie wollte wiederkommen.
„Tschüs und ganz, ganz vielen Dank“, sagte sie im Hinausgehen.
Was für ein nettes Mädchen, dachte Frau Raab, eines dieser seltenen Kinder, die lieber lesen als fernsehen.
Cordula kaufte bei Frau Baier ein paar Bananen und eine Tüte Gummibärchen. Die Bananen aß sie unterwegs, die Gummibärchen wollte sie mit den anderen teilen. Dann schellte sie bei Rodenbergs.
„Hallo, Cordula“, sagte Frau Rodenberg, „Antje ist nicht da, sie ist bei Lehmanns.“

Seit einer Weile fühlte Antje sich irgendwie komisch, sie hatte ein Gefühl, als fahre sie. Es war nicht mal unangenehm, bestimmt kam es von dem Bier. Außerdem merkte sie, dass sie sehr müde wurde. Sie sollte wohl besser nach Hause gehen. Sie stand auf und schwankte dabei ein bisschen.
„Ich gehe jetzt lieber, Herr Kauth."
„Nich, Antje, geh nich, bevor du nich das Beste gesehen hast. Ich zaubere dir jetzt was ganz, ganz Großes und denn zeige ich dir, wie du es klein zaubern kannst."
Warum flüsterte er auf einmal? Seine Stimme klang seltsam heiser. Antje hatte keine Lust mehr zu irgendwelchen Zauberkunststücken, aber sie wartete höflich.
Herr Kauth sprang auf, blieb vor ihr stehen und flüsterte: „Schau auf meine Hose … Akrakadabra …"
Er schob seine Jogginghose ein Stück herunter, Antje wich zurück. Sie konnte nicht glauben, was sie sah. Sie wandte den Blick ab. Das war doch Cordulas Vater, der nette Herr Kauth! Es musste ein Missverständnis sein!

Cordula war wieder in die Stadt getrabt. Nach Hause würde sie nicht vor Abend gehen. Der Penner konnte von ihr aus warten, bis er schwarz wurde.
„Ist Antje nicht hier?", fragte sie, als sie nur Jule, Frau Lehmann und die Kleinen antraf.
„Antje? Die war heute früh um halb zehn hier. Die ist von hier aus direkt zu dir gegangen."
„Waaas?" Ein eisiger Schreck durchfuhr Cordula. Sie hatte daheim die Abschlusstür nicht zugemacht. Wenn nun – wenn –

Ohne ein Wort drehte sie sich um, stürzte die Treppe hinunter, raste in verzweifelter Hast durch die Stadt, hechtete bei Rot über die Kreuzung und war in wenigen Minuten am Heckenweg.

„Da iss doch was nich koscher", sagte Marga Lehmann.
In diesem Moment klingelte das Telefon. Es war Frau Rodenberg. Sie wollte, dass Antje zum Essen nach Hause käme.
„Sie iss nich hier, Frau Rodenberg. Vor bald drei Stunden isse kurz bei Jule gewesen und denn zu Cordula gegangen. Aber grad eben war die Cordula bei uns un wusste von nischt. Die war überhaupt nich daheem."
„Na, vielleicht ist Antje noch dort und wartet auf Cordula. Vielleicht zaubert Herr Kauth ihr was vor ..."
„Frau Rodenberg", sagte Marga. „ick hab so 'n komisches Gefühl. Ick gloobe, et wäre jut, wenn Se sich int Auto setzen und hinfahren täten."
„Der Herr Kauth tut ihr sicher nichts", lachte Beate Rodenberg, „aber ich werde trotzdem mal hinfahren."
Jule stand schon die ganze Zeit im Anorak vor ihrer telefonierenden Mutter und gestikulierte.
„Loof los, Jule", sagte die endlich, „loof und guck, wat mit deine Freundin iss."
Immer wenn sie aufgeregt war, berlinerte Marga Lehmann mehr denn je.

„Ich tu dir doch nischt Böses. Das ist alles ganz wunderbar und natürlich."
Antje war wie versteinert.

„Fass mal an“, flüsterte er.
Antje wich zurück, bis sie die Wand im Rücken spürte. Sie wollte losschreien. Da legte seine riesige Hand sich ihr so fest auf Mund und Nase, dass sie fürchtete zu ersticken. Sie versuchte, die Hände gegen seine Brust zu stemmen, aber er presste sich mit seinem ganzen Körper gegen sie. In ihrem Kopf hörte sie die Stimme ihrer Mutter: Das Knie hochreißen, zwischen seine Beine stoßen. Aber sie stand wie in einem Schraubstock, unmöglich, das Knie zu bewegen.
Da wurde die Tür aufgerissen.
„Drecksau“, schrie Cordula.
Im selben Augenblick sackte Roland Kauth langsam zusammen und fiel zur Seite. Er schnaufte nicht mehr. Aus seinem Hinterkopf sickerte Blut. In seinen Haaren glänzten die grünen Glassplitter der Flasche, die Cordula ihm über den Kopf geschlagen hatte.
Antje stand da wie angenagelt.
„Komm, Antje, komm, es ist vorbei“, sagte Cordula, „er kann dir nichts mehr tun.“
Sie nahm Antje an der Hand und zog sie ins Bad.
„Willst du duschen? Heißes Wasser hilft“, sagte Cordula.
Aber Antje konnte gerade noch zum Waschbecken kommen und den Kopf darüber halten, bevor sie sich erbrach. Sie kotzte und kotzte und konnte überhaupt nicht damit aufhören.
Cordula hielt ihr den Kopf und sagte: „Nur immer raus damit, nur raus mit der Scheiße …“
„Cordula, Antje, seid ihr da?“, rief Jule und trat durch die offene Tür in den Flur.

Cordula packte sie am Arm und zog sie ins Bad. „Kümmere dich um Antje", sagte sie, „ich muss abhauen."
„Was ist denn –"
„Geh nicht ins Wohnzimmer. Dort liegt mein Vater. Er ist tot."
Jule wollte anfangen zu lachen, aber Cordula sagte: „Er wollte Antje anfassen. Ich hab ihn totgeschlagen."
Jule hörte, was Cordula sagte, aber sie konnte es nicht glauben.
„Kümmere dich um Antje", Cordula schubste Jule zu ihr hin, „ich muss weg!"
Beate Rodenberg stand unten und wartete auf den Lift. Als er endlich kam, ging die Tür auf, und Cordula mit weißem Gesicht, verstrubbelter denn je, stürzte an ihr vorbei, ohne sie anzusehen.
„Was ist los, Cordula?", rief sie ihr nach, aber Cordula rannte schnurstracks aus dem Haus. Was war passiert? Im vierten Stock kamen ihr Antje und Jule aus der Wohnung entgegen. Jule hatte den Arm um Antje gelegt, die heftig zitterte.
„Kind, was ist dir geschehen?", flüsterte Beate.
Antje warf sich in die Arme ihrer Mutter.
„Cordulas Vater ist tot", sagte Jule, „er wollte Antje was tun, da hat Cordula ihn –"

Der Wolf ist tot

Cordula sah Antjes weißes Treckingbike im Fahrradständer.

„Antje, versteh mich, ich muss es mir borgen."

Sie schwang sich auf das Rad und schoss davon. Ohne nachzudenken, nahm sie den Weg durch die Wiesen. Sie trat in die Pedale und fühlte sich merkwürdig leicht. Sie flog dahin wie im Traum. Jetzt bin ich wirklich der Pfeil des Teufels, dachte sie und lachte.

Der Regen hatte aufgehört. Zwischen den Wolken lugte die Sonne hervor und ließ die Tropfen an Bäumen und Gräsern aufblitzen. Die bunten Blätter waren fast alle abgefallen, sie trieben und wirbelten auf der Straße dahin.

Sie erinnerte sich an ihren ersten Ausflug. Was hatte Antje damals gesagt? *Ich komme mir vor wie Rotkäppchen.*

Auf einmal begann Cordula aus vollem Hals zu singen: „Der Wolf ist tot, der Wolf ist tot, der Wolf ist tot!"

Sie hatte nicht darüber nachgedacht, wo sie hinwollte. Auf einmal merkte sie, dass sie auf dem Weg zur Ebersburg war. Genau, dort würde sie sich erst mal verstecken und überlegen, wie es weitergehen sollte.

Unterhalb der Burg schob sie Antjes Bike tief ins Unterholz. Das Gestrüpp war so dicht, dass niemand das Rad bemerken würde. Vielleicht konnte sie es eines Tages zurückbringen, oder besser eines Nachts. Sie könnte es vielleicht einfach vor Rodenbergs Gartenmauer abstellen.

Aber jetzt hatte sie andere Sorgen. Sie musste sich vor der Polizei verstecken; denn bestimmt würde man sie suchen. Sie war ja eine Mörderin. Wenn man sie fing, würde man sie ins Jugendgefängnis stecken. Oder kam man mit zwölf noch nicht ins Gefängnis? Na, ob Heim oder Gefängnis, das war schließlich einerlei.
Cordula fand die verfallene kleine Treppe wieder, die in den unterirdischen Raum führte. Hier würde sie erst mal bleiben. Mit den Händen scharrte sie das hereingewehte Laub auf einen Haufen. Es war zwar weich, aber leider ziemlich feucht. Na, für eine Nacht musste es gehen.
Sie setzte sich nieder und merkte auf einmal, dass sie ungeheuer müde war. Müde und hungrig.
In der Tasche ihres Anoraks fand sich noch eine Banane und die Tüte mit den Gummibärchen. Sie aß die Banane langsam und bedächtig und beschloss, die Gummibärchen als eiserne Ration aufzuheben.
Was würde sie in Zukunft essen? Ob sie im Wald Beeren und Pilze fand? Sie kannte sich da nicht so genau aus, aber sie ahnte, dass es zu dieser Jahreszeit keine Beeren mehr geben würde. Und Pilze? Mit Pilzen konnte man sich vergiften, da ließ sie wohl auch besser die Hände davon. Wenn sie nicht immer in der Großstadt gelebt hätte, würde sie jetzt wissen, was zu tun war. Jule würde sich an ihrer Stelle bestimmt nicht so bescheuert anstellen …
Na, wenn es nicht anders ging, würde sie halt Einsiedlerin werden und von Gras und Flechten leben müssen. Aber jetzt war sie einfach zu müde, um darüber nachzudenken. Sie zog die Kapuze tief über ihren Kopf

und die Ärmel über die Hände und sank auf das modrige Lager.

Sie wachte auf, weil man sie in einen Zuber mit Eiswasser gesteckt hatte. Aber zum Glück war das nur ein Traum. In Wirklichkeit befand sie sich noch immer in diesem kleinen Verließ. Sie war klamm und steif vor Kälte und ihre Füße fühlten sich an wie Eisklumpen.
Mit einem Ruck setzte sie sich auf. Es war stockfinster. Draußen raschelte und fiepte es, und ein Vogel stieß einen unheimlichen Schrei aus. Ob das eine Eule war?
Wenn sie wenigstens Streichhölzer hätte und etwas sehen könnte. Ob es hier auch Ratten gab? Igitt, es war gar nicht so einfach mit dem Einsiedlerleben. Scheißkälte. Wenn sie bloß Streichhölzer hätte, dann könnte sie ein Feuer machen, Holz musste es im Wald ja massenhaft geben. Mit einem Mal fiel ihr ein, dass es bald Winter werden würde und noch viel kälter als jetzt. Nein, das Einsiedlerleben konnte sie vergessen, so viel war klar.
Sie steckte ihre Hände tief in die Taschen, da fühlte sie die Tüte mit den Gummibärchen. Zum Trost würde sie sich ein paar Gummibärchen gönnen.
Mit klammen Fingern öffnete sie die Tüte und stopfte sich die Gummibärchen in den Mund. Sie konnte nicht damit aufhören, ehe die Tüte leer war, sie konnte einfach nicht.
Morgen, morgen würde sie was organisieren zum Essen, morgen …
„Ich hab's", rief sie auf einmal.

Ja, sie hatte einen wunderbaren Plan. Mit Antjes Bike würde sie sich auf den Weg in den Süden machen, einfach dorthin fahren, wo es im Winter warm war. Nach Italien oder Spanien. Wer weiß, vielleicht kam sie sogar bis Ägypten? Es konnte ja nicht so schwer sein, den Weg zu finden. Man brauchte nur auf die Sonne zuzufahren, immerzu der Sonne entgegen.
Sie war sehr froh über ihren Plan. Sie stand auf und machte sich Bewegung, versuchte, auf diesen Eisklumpen von Füßen zu hüpfen und ein bisschen warm zu werden. Wenn es doch schon Morgen wäre, wenn sie sich doch schon aufs Rad setzen und losfahren könnte. Aber in der stockfinsteren Nacht würde sie das Fahrrad nicht wieder finden, sie musste bis morgen früh warten. Ein klein wenig wärmer war ihr ja geworden. Sie würde versuchen, noch einmal einzuschlafen. Sie krümmte sich auf dem nasskalten Laub zusammen, zog den Anorak über Mund und Nase und entdeckte, dass sie ihren Atem aus dem Mund nach oben blasen und so wenigstens ihr Gesicht angenehm warm halten konnte.

Meerschwein

Meerschwein sah Cordula durch die Gitterstäbe seines Käfigs ernst und vorwurfsvoll an. Plötzlich sagte es mit klarer Menschenstimme:
„Du hast mich eingesperrt und bist weggegangen. Jetzt muss ich hier langsam verhungern."
Entsetzt fuhr Cordula aus dem Schlaf hoch – Meerschwein! Wie hatte sie bloß Meerschwein vergessen können!
Sie begann zu zittern, und diesmal nicht vor Kälte. Eine schreckliche Angst fiel über sie her. Sie hatte Meerschwein im Stich gelassen. Es würde quieken und warten. Es würde immer verzweifelter quieken und am Gitter rütteln. Hunger, Hunger, Hunger. Wo blieb Cordula?
Sie durfte keine Zeit verlieren, sie musste zurück. So schnell wie möglich musste sie zu Meerschwein.
Sie tastete sich die Treppe hoch. Es war noch immer finster, aber dort hinten war ein blasser Streifen zu sehen – kein Morgenrot, aber so ein blasser, grünlicher Streifen. Bestimmt wurde es bald hell.
Leider war es nicht hell genug, um die Stelle zu finden, wo sie das Rad versteckt hatte. Sie musste warten. Warten, warten, warten. Sie konnte die Angst kaum aushalten. Wie, wenn Meerschwein etwas passiert war? Wenn die Polizisten es mitgenommen hatten? Vielleicht hatten sie es totgemacht? Und sie war nicht da gewesen, sie hatte Meerschwein nicht beschützt …

„Ich komme, Meerschwein", sagte sie, „ich komme. Ganz bestimmt komme ich."
Cordula musste pausenlos vor sich hinsprechen und herumhampeln, damit sie die Angst aushielt.
Endlich kroch graue Dämmerung durch die Bäume, und Cordula fand das Rad. Sie fuhr los und die Angst trieb sie noch schneller vorwärts als gestern diese merkwürdige Leichtigkeit.
Bevor es noch richtig hell war, war sie am Heckenweg Nr. 24. Niemand war ihr begegnet. Es war früher Sonntagmorgen, Birkenthal schlief. Auch im Heckenweg war alles still.
Cordula schloss leise die Haustür auf und trug das Bike in den Fahrradkeller. Sie warf einen Sack darüber. Besser, wenn niemand das fremde Rad bemerkte.
Sie öffnete die Wohnungstür und schlich in ihr Zimmer. Meerschwein quiekte. Es war lebendig und quiekte. Es quiekte, wie wenn es überschnappen wollte vor Freude! Cordulas Hände zitterten, sodass sie kaum den Käfig aufmachen konnte.
Meerschwein, Meerschwein, Meerschwein.
Sie nahm es in die Arme. Und trotz seines großen Hungers schnurrte und vibrierte Meerschwein vor Glück.
Sie ging mit ihm in die Küche und öffnete den Kühlschrank. Zwei Möhren und ein vergammelter Salatkopf. Für Cordula fand sich nichts. Warum hatte sie bloß nicht rechtzeitig eingekauft?
Nachdem sie Meerschwein gefüttert hatte, musste sie sich vergewissern. Sie ging in den Flur, stieß lautlos die Wohnzimmertür auf und warf einen Blick hinein. Er war weg. Nur der große Blutfleck auf dem

Teppichboden bewies, dass Cordula nicht alles geträumt hatte.
Cordula schloss die Tür. Sie würde dieses Zimmer nicht mehr betreten, nie mehr. Sie ging ins Bad und ließ warmes Wasser in die Wanne laufen. Sie badete, zog frische Unterwäsche an, dann kroch sie mit Meerschwein unter das rote Deckbett. Ihre Angst war verschwunden. Sie schlief bald ein.

Wo ist Cordula?

„Warum hab ich mich nicht eher gewehrt? Warum bin ich nicht rechtzeitig abgehauen? Sein blödes Bier hab ich getrunken – hab gedacht, er will bloß ein bisschen Spaß machen. Und, und noch in dem Moment, wo er seine Hose runterzog, hab ich gemeint, es wäre ein Missverständnis … Er war doch – Cordulas Vater …“

„Wir hatten alle Tomaten auf den Augen, Antje“, sagte ihre Mutter.

„Wer hätte ahnen können, dass so ’n netter Mann sone Schweinereien machen tut?“, sagte Marga Lehmann.

Wenn Cordula nicht rechtzeitig gekommen wäre, dann – Antje schauderte.

„Woher hat Cordula nur wissen können, dass ich in Gefahr bin?“, fragte sie.

Die Erwachsenen schwiegen und wichen Antjes Blick aus. Nur Jule sah Antje direkt in die Augen. Antje verstand.

„Hat er Cordula …?“

„Logisch“, sagte Marga Lehmann.

„Wir müssen davon ausgehen, dass es so ist, Antje.“ Beate Rodenberg holte Luft. „Wir nehmen an, dass er Cordula wiederholt missbraucht hat.“

„Nein“, schrie Antje, „nein, nein, nein!“

Beate nahm Antje in den Arm.

„Was ich nich verstehe“, sagte Jule leise, „warum hat sie bloß keinen Mucks gesagt? Wenn sie sich bei den

Erwachsenen nich getraut hat – warum hat sie nich mal uns was gesagt?"
„Sie hat sich geschämt, Jule", antwortete Beate Rodenberg. „Sie hat sich geschämt. Und außerdem – der, der sie hätte beschützen sollen, der hat sie missbraucht. Wie konnte sie da noch irgendjemandem vertrauen?"
„Wo kann sie sein? Wo versteckt sie sich? Warum ist sie bloß abgehauen?", fragte Antje verzweifelt.
Alle, die sich am Sonntagnachmittag in Rodenbergs Wohnzimmer versammelt hatten, fragten sich dasselbe, Antjes Eltern, Frau Lehmann und Jule.
Die Polizei suchte seit gestern Abend nach der verschwundenen Cordula. Hoffentlich fanden sie sie bald.
Gestern war Antje noch zu benommen gewesen, um einen klaren Gedanken zu fassen. Und Beate Rodenberg hatte sich ausschließlich um ihre Tochter gekümmert. Sie und ihr Mann hatten niemanden von der Polizei zu Antje gelassen. Erst am Sonntagmorgen, als Frau Heller gekommen war, hatten die Eltern erlaubt, dass sie mit Antje sprach.
Es war Marga Lehmann gewesen, die die Polizei angerufen und – zusammen mit Jule – Auskunft gegeben hatte, über das wenige, was sie wussten.
Die Polizisten hatten Roland Kauth bewusstlos vorgefunden. Er hatte eine schwere Kopfverletzung, aber tot war er nicht. Man hatte ihn ins Krankenhaus geschafft.
Doktor Rodenberg war zuerst ärgerlich darüber, dass Frau Lehmann gestern auch das Jugendamt informiert hatte. Sie hatte privat bei Frau Heller angerufen; denn samstags war sie natürlich nicht im Büro.

„Es war überflüssig, das Jugendamt einzuschalten", sagte er.
„Regen Sie sich nich uff, Herr Doktor", sagte Marga, „die Frau Heller kenne ich noch von meiner Scheidung, von wejen det Sorjerecht für Jule. Der Frau kennen Sie vertrauen. Un wenn sie Cordula finden, muss jeklärt werden, wo sie hin soll."
„Fürs Erste könnte sie zu uns kommen", sagte Beate Rodenberg.
„Und dann?", rief Jule. „Zu ihrer Mutter geht sie nie!"
„Wenn wir bloß wüssten, wo det Kind steckt", seufzte Marga.
Antjes Vater stellte das Radio an, in dem gerade die Nachrichten durchgegeben wurden. Zum Schluss sagte der Sprecher:
„Noch immer durchkämmen Einheiten von Polizei und Bundeswehr weiträumig die Umgebung von Birkenthal, auf der Suche nach der verschwundenen Cordula Kauth. Wie wir berichteten, hat die Zwölfjährige ihren Vater niedergeschlagen, als sie ihn bei dem Versuch ertappte, ihre elfjährige Freundin sexuell zu missbrauchen. Das Kind ist geflohen, vermutlich in der Überzeugung, es habe seinen Vater getötet. Wir gehen davon aus, dass Cordula einen psychischen Schock erlitten hat. Die Bevölkerung wird dringend gebeten, auf ein Mädchen zu achten, auf das folgende Beschreibung zutrifft:
Cordula ist für ihr Alter zierlich, ca. 140 bis 145 cm groß. Sie hat schwarzes, lockiges Haar, blaue Augen, trägt Bluejeans und einen olivgrünen Anorak. Sie ist mit einem fast neuen, weißen Fahrrad, einem so genannten Treckingbike, unterwegs."

Als der Sprecher geendet hatte, brach Antje in Tränen aus.
„Ich hab da so ’ne Idee“, sagte Jule plötzlich, „weißt du noch, Antje, auf der Ebersburg, der kleine Keller, wo wir uns untergestellt haben?“
„Ja“, rief Antje, „dort könnte sie sein!“
„Kommt, Mädels, setzen wir uns ins Auto und fahren hin“, sagte Doktor Rodenberg.

„Sie war hier“, sagte Jule, als sie in dem feuchten Raum standen, „ganz bestimmt war sie hier. Die Blätter, die lagen damals nicht so auf einem Haufen. Vielleicht hat sie darauf geschlafen. – Und was ist das?“
Sie hob eine durchsichtige Tüte auf. „Da waren Gummibärchen drin. Sie ist hier, wir werden sie finden.“
Jule, Antje und ihr Vater durchstreiften die Ruinen und den angrenzenden Wald und riefen „Cordula, Cordula“, aber niemand antwortete. Nur das Echo schallte zurück.
Als es dunkel wurde, bestand Doktor Rodenberg darauf, dass sie die Suche abbrachen und nach Hause fuhren.

Cordulas Mutter

Am Sonntagnachmittag klingelte das Telefon bei Ingrid Kauth in Berlin. Sie bekam selten Anrufe. Wer mochte das sein?

„Mein Name ist Heller“, sagte die Frauenstimme, „ich bin Sozialarbeiterin beim Jugendamt in Birkenthal. Ich muss Ihnen …“

„Ist es wegen Cordula? Ist was passiert?“, fragte Ingrid erschrocken.

„Leider ja …“

„Ist sie krank? Hatte sie einen Unfall?“

„Das nicht. Sie ist weggelaufen, Frau Kauth.“

„Weggelaufen?“

„Es gab eine Vorgeschichte. Ich kann Ihnen das nicht am Telefon erklären, Frau Kauth. Könnten Sie hierher kommen?“

„Ja doch, ich komme. Aber ich muss wissen, was passiert ist. Was für eine Vorgeschichte?“

„Frau Kauth, wirklich, das müssen wir persönlich –“

„Was hat er ihr getan? Was steckt dahinter? Hat er sie misshandelt? Um Himmels willen, sagen Sie mir, was los ist.“

Frau Heller schluckte.

„Cordula ist dazugekommen, als ihr Vater ihre Freundin missbrauchen wollte. Sie hat es verhindert. Danach ist sie weggelaufen. Frau Kauth? Hallo, Frau Kauth? Sind Sie noch da?“

Ingrid hatte den Hörer fallen lassen.

Sie war wie vom Blitz getroffen. Irgendwann hörte sie etwas quäken. Warum quäkte denn ständig die Stimme aus dem Hörer? Quäkte und quäkte. Mechanisch hob sie ihn auf. Die Stimme am anderen Ende klang besorgt.
„Brauchen Sie Hilfe, Frau Kauth? Sind Sie allein? Soll ich jemanden für Sie anrufen? Eine Freundin?"
„Haben Sie vorhin gesagt, mein geschiedener Mann hätte ein Kind missbrauchen wollen? Haben Sie das gesagt?"
„Ja. Sie haben mich richtig verstanden."
„Verstehen Sie, was das heißt? Verstehen Sie das? Er hat mit Cordula allein gelebt, all die Jahre. All die Jahre war mein Kind ihm ausgeliefert! Warum hat mir keiner geglaubt, warum?"
Es wurde ein langes Telefongespräch, lange und bitter. Frau Heller versuchte erst gar nicht, Cordulas Mutter zu trösten. Sie konnte nichts tun als zuhören. Den verzweifelten Schilderungen zuhören. Wie Frau Kauth immer aufs Neue das Sorgerecht für Cordula beantragt hatte, wie ihre Anträge abgelehnt wurden bis auf das Besuchsrecht. Dass dieses ihr nichts nützte, weil jedes Mal, wenn sie die Adresse von Vater und Kind aufgespürt hatte, die beiden schon weitergezogen waren. Die Telefonate, die Briefe, die Bittgänge zu den Jugendämtern, wo man sie vertröstet, beschwichtigt, abgewimmelt hatte. *Keine Sorge, Frau Kauth, Ihrer Tochter geht es gut.* Wie sie dann wütend geworden war, getobt und geschrien hatte – und damit alle, von denen sie Hilfe wollte, erst recht darin bestärkt hatte, das Kind sei besser bei seinem liebenswürdigen Vater aufgehoben.

„Bis vor zwei Jahren“, endete sie, „hab ich gekämpft. Bis ich auf einmal begriffen habe: Meine Cordula ist ein Kind von zehn Jahren, für das ich eine Fremde bin. Ein Kind, das nichts von mir weiß und nichts von mir wissen will. Vielleicht würde ich sie nicht einmal mehr erkennen, wenn ich ihr auf der Straße begegnete. Da bin ich zusammengeklappt. Da war ich plötzlich wie ein leerer Sack. Kein Mensch mehr, nur noch ein Sack …“

Aber es war genug Leben in ihr, dass sie sich nach dem Telefonat sofort in den Zug setzte und nach Birkenthal fahren wollte.

Cordula gibt auf

Cordula hielt sich die Ohren zu. Sie konnte es nicht mehr hören, wie Meerschwein quiekte. Hunger, Hunger, Hunger.

Sie hatte selber Hunger. Seit der Banane und den Gummibärchen vorgestern Nacht hatte sie nichts gegessen. Das viele Wassertrinken nützte auch nichts.

Wenn sie nur wüsste, wie sie etwas zu essen besorgen könnte. Sie traute sich nicht hinaus. Die Polizei suchte sie, das stand fest. Inzwischen würde die ganze Stadt wissen, dass sie eine Mörderin war.

Gestern hatte sie noch Pläne gemacht. Hatte gedacht, sie könnte mit Meerschwein zusammen fliehen. Nach Italien, in die Sonne. Aber welchen Weg sollte sie nehmen, wo war Süden? Es regnete und die Sonne ließ sich nicht blicken.

Und wie sollte sie Meerschwein transportieren? Der Käfig auf dem Gepäckträger war viel zu auffällig. Und auch wenn sie den Käfig mit Plastiktüten abdeckte, war es zu feucht und zu kalt. Sie könnte Meerschwein in ihren Anorak stecken. Ja, eine Weile würde es sich das gefallen lassen, aber Tage und vielleicht Wochen? Wer weiß, wie lange es dauern würde, bis sie endlich in Italien ankämen.

„Wenn jetzt Sommer wäre“, sagte Cordula sehnsüchtig, „wenn Sommer wäre, dann ginge es. Wir könnten draußen pennen. Und zu essen würden wir uns was aus den Gärten holen, in der Nacht …“

Sie stand am Fenster und sah zu, wie der Regen die Straße peitschte. Es wurde schon dunkel.
Man müsste so ein nettes kleines Zelt haben und einen Schlafsack, wie Antje. Als ihr Antje in den Sinn kam, lächelte sie zufrieden. Kleine Antje. Kleine, ahnungslose Antje – dich hat er nicht gekriegt!
„Der Wolf ist tot“, sagte sie laut. Und dann musste sie unvermittelt weinen, sie wusste auch nicht, warum.
Quiek – Meerschwein war ihr in die Küche nachgewackelt. Es stand auf ihrem Fuß. Quiek, Cordula, quiek, quiek, …
Sie wischte sich die Tränen ab und hockte sich auf den Boden. „Meerschwein“, sagte sie und sah es fest an, „du sollst nicht verhungern. Es hilft nichts – wir müssen aufgeben.“
Sie stand auf, brachte Meerschwein in den Käfig und versprach ihm, sofort zurückzukommen.
Sie zog ihren Anorak über, suchte in den Taschen und fand noch ein paar Groschen. Dann stahl sie sich aus dem Haus.
Es war noch nicht sechs Uhr, aber es regnete so sehr, dass kein Mensch auf der Straße war. Cordula ging bis zur Telefonzelle an der Ecke. Sie schlug das Telefonbuch auf und suchte die Nummer heraus.

Frau Heller wollte gerade Feierabend machen. Sie war todmüde, es war ein schrecklicher Tag gewesen. Sie nahm ihren Mantel aus dem Schrank und überlegte, ob sie anschließend noch bei Familie Rodenberg vorbeigehen und Cordulas Mutter begrüßen solle. Frau Kauth war tatsächlich noch in der Nacht von Berlin abgefahren und heute, am Montagvormittag, war sie in Birkenthal eingetroffen. Frau Lehmann hatte sie am Bahnhof abgeholt, und die Rodenbergs hatten sie bei sich untergebracht.

Frau Heller war dabei, die Tür abzuschließen, als das Telefon schrillte. Zuerst wollte sie nicht mehr rangehen, aber dann hob sie doch ab.

„Hier ist Cordula Kauth", sagte die Kinderstimme. „Sie können mich holen kommen, Frau Heller. Aber Sie müssen mir etwas versprechen."

„Was soll ich dir versprechen, Cordula?"

„Ich will mein Meerschwein mitnehmen. Sonst geh ich nicht mit."

„Dein Meerschweinchen kommt mit. Ich verspreche es. Wo steckst du, Cordula?"

„In der Telefonzelle. Ich gehe jetzt in die Wohnung zurück und warte auf Sie."

„In eure Wohnung?", fragte sie verdattert.

„Ja. Und noch was – Frau Heller, könnten Sie vielleicht ein bisschen Futter für mein Meerschwein mitbringen?"

„Das mach ich, Cordula – bis gleich."

Frau Hellers Müdigkeit war wie weggeblasen. Sollte sie bei Rodenbergs anrufen? Die Polizei? Auf keinen Fall die Polizei. Die würde sie hinterher benachrichtigen. Und Frau Kauth und Familie Rodenberg würden es sowieso gleich erfahren.

Zum Kind – schnellstens zu Cordula. Sie rannte zu ihrem Auto.

Natürlich, man hätte die Wohnung im Auge behalten müssen – aber kein Mensch hatte damit gerechnet, dass

Cordula sich in die Wohnung zurücktrauen würde, wo ihr Vater in seinem Blut gelegen hatte.
Ein Meerschweinchen? Natürlich, Cordula war zu ihrem Meerschweinchen zurückgekehrt. Merkwürdig, dass niemand daran gedacht hatte, es mitzunehmen. Die Polizisten hatten es vielleicht gar nicht gesehen oder hatten geglaubt, die Freundinnen kümmerten sich darum. Und diese waren viel zu aufgeregt, viel zu geschockt gewesen.
Halt, jetzt hätte sie das Futter beinahe vergessen. Zum Glück brannte im Tante-Emma-Laden noch Licht.
Sie trat bei Frau Baier in den Laden.
„Ein Kilo Möhren, bitte."
Frau Baier wog die Möhren ab. „Sind Sie nicht die Fürsorgerin, die für unsere Cordula verantwortlich ist? Ach, das Kind ist immer zu mir in den Laden gekommen. Geld hatte sie ja meist keins, aber man gibt ja gern. Nutella hat sie immer gekauft und ..."
„Geben Sie mir auch Nutella, bitte, und drei Brötchen und ein Kilo Orangen und einen Liter Milch ..."
Cordula würde natürlich auch Hunger haben. Besser, sie aß etwas vor diesen ganzen Aufregungen.
Frau Baier rechnete den Betrag zusammen, dann sagte sie: „Das sage ich Ihnen jetzt ins Gesicht: Eine Schande ist es, dass ihr auf euren Ämtern herumhockt und Kaffee sauft und euch einen Dreck schert um so ein armes, armes Würmchen!"
Was hätte Frau Heller darauf sagen sollen? Sie schwieg.

„Ich bin froh, dass du mich angerufen hast", sagte Frau Heller, als Cordula ihr die Tür öffnete.
„Haben Sie etwas für mein Meerschwein mitgebracht?"
„Ja. Mag es Möhren?"
Sie gingen in die Küche. Cordula fütterte das Meerschwein, und Frau Heller machte Milch warm und schmierte Nutellabrötchen für Cordula.
Während Cordula sich über die Brötchen hermachte, fragte Frau Heller, ob sie ihr eine Orange schälen dürfe.
„O ja, bitte", sagte sie und kaute. „Wenn der Service im Knast genauso gut ist, dann …"
„Cordula, du denkst doch nicht, dass ich dich ins Gefängnis bringe?"
„Gefängnis oder Heim, es wird einerlei sein", meinte Cordula. „Aber was passiert mit Meerschwein?"
„Das nimmst du mit. Ich bringe dich erst mal zu Rodenbergs."
„Zu Rodenbergs? Das geht nicht. Ich habe doch … meinen Vater ermordet."
„Nein, Cordula. Dein Vater ist am Leben, er ist im Krankenhaus."
Cordula schob die Orange zurück. Er war am Leben? Der Wolf war nicht tot?
„Ich soll also …", sagte sie langsam, „ich soll also zu Rodenbergs, bis mein Vater aus dem Krankenhaus kommt, und dann … wieder … zurück …"
„Nein, Cordula, wir lassen dich nie wieder zu ihm zurück, nie!"
„Hat Antje gesagt, warum?"
„Ja. Und ich nehme an, er hat es auch mit dir gemacht, all die Jahre …"

„Früher“, sagte Cordula und sah auf den Boden. „In letzter Zeit hat er sich nicht mehr getraut.“
„Cordula, du sollst dich nicht schämen. Er ist das Schwein, hörst du? Er – er allein ist verantwortlich für das, was er dir angetan hat.“
Cordula antwortete nicht.
„Ich finde es großartig, wie du deiner Freundin geholfen hast. Antje wird es dir nicht vergessen. Sie und Jule machen sich große Sorgen um dich. Ich finde, wir sollten sie nicht mehr warten lassen.“
„Trotzdem – ich glaub, ich geh lieber ins Heim.“
„Cordula“, sagte Frau Heller, „wenn du wirklich lieber ins Heim willst, bringe ich dich ins Heim. Aber im Heim werden sie auch wissen, wer du bist. Dein Bild war im Fernsehen. Alle haben nach dir gesucht. Weißt du was? Geh mit deinem Meerschweinchen in dein Zimmer, packe deine Sachen zusammen und überlege eine Weile. Ich warte hier draußen und mache ein wenig Ordnung, bis du dir sicher bist, was du willst.“

Die Tagesschau am Montagabend war vorbei. Noch einmal hatten sie Cordulas Bild gezeigt. Frau Kauth brach in Schluchzen aus.
„Sie werden sie finden, Frau Kauth, sie müssen sie bald finden. Ein Kind kann sich doch nicht in Luft auflösen.“ Aber Beate Rodenberg glaubte selbst nicht mehr richtig an das, was sie sagte.
Ohne dass einer es aussprach, dachten alle dasselbe. Alle fürchteten, Cordula habe sich das Leben genommen.
An der Tür klingelte es. Antje sprang auf, wollte öffnen.

„Du bleibst hier, ich gehe", sagte ihr Vater.
Vielleicht war es jemand von der Polizei, vielleicht hatten sie sie gefunden.
Vor der Tür stand Cordula mit dem Meerschweinkäfig in der Hand, hinter ihr Frau Heller. Erschrocken trat Cordula zurück, als Doktor Rodenberg sie voller Freude umarmen wollte.
Sie gingen ins Wohnzimmer. Alle schrien und weinten und lachten durcheinander. Was für eine Aufregung!
Cordula genierte sich. Weshalb machten sie so einen Aufstand? Und dann bedankten sie sich auch noch. War doch normal, dass sie Antje geholfen hatte.
Wer war übrigens die komische kleine Frau mit den grauen Haaren und der roten Nase? War das Antjes Oma? Sie weinte und weinte. Irgendwie kam sie ihr bekannt vor, aber …
„Cordula", sagte Frau Heller, „hier wartet noch jemand auf dich. Sie wartet schon sehr lange."
Du lieber Himmel, am Ende hatte sie selbst eine Oma, von der sie nichts wusste?!
„Sie ist deine Mutter, Cordula", sagte Frau Heller leise.
Was, diese schniefende kleine Frau sollte die Hexenmutter sein?
Die Frau ging auf sie zu und machte eine schüchterne Bewegung, als wolle sie Cordula umarmen. Cordula streckte ihr rasch die Hand hin. Ja, das waren sie, die harten, dünnen Finger. Aber sie waren warm, diese Finger, und umschlossen Cordulas Hand mit behutsamem Druck.
„Ich hab mich gewehrt, Cordula, dass er dich mitgenommen hat. Gewehrt und gewehrt. Aber es hat nichts

genützt. Das Jugendamt und das Familiengericht, alle hatten gemeint, du bist bei ihm besser aufgehoben."
„Das hab ich selber auch gemeint, als ich klein war."
„Wenn ich gewusst hätte ...", Frau Kauths Stimme brach, „wenn ich gewusst hätte, was er mit dir anstellt, hätt ich ihn erschossen."
Es war auf einmal so still, man hätte eine Nadel fallen hören können.
Cordula dachte überrascht: Ob das für sie so ähnlich ist wie für mich, wenn Meerschwein verhungert wäre? Laut sagte sie:
„Na ja, ich lebe ja noch."

Was nun?

Am Dienstagabend saßen Jule und Marga miteinander auf der Couch.
Udo war auf Schicht, die Kleinen endlich eingeschlafen.
Zufrieden kuschelte Jule sich an ihre Mutter.
„Schade“, seufzte sie, „schade, dass diese komische Frau Kauth aufgetaucht ist.“
„Wieso?“, fragte Marga.
„Na, die iss einfach Asbach. Und dauernd flennt sie. Aber das Schlimmste ist, dass Cordula jetzt bestimmt zu ihr nach Berlin muss.“
„Wo soll sie sonst hin?“, fragte Marga.
„Könnte sie nich zu uns kommen, Mama?“
„Bist du noch bei Trost, Jule?“
„Sie könnte mit mir in einem Bett schlafen“, schlug Jule vor, „und sie könnte mir helfen mit den Kleinen. Und ihre Mutter könnte dir ja Geld geben für das Essen. Mensch, wäre doch Spitze, wenn wir drei zusammenbleiben könnten!“
„Schlag dir das aus dem Kopp“, sagte ihre Mutter, „vier Kinder reichen mir dicke.“
„Ich meine ja nur. Weil – sie kennt doch ihre Mutter gar nich mehr.“
„Det arme Luder“, sagte Marga in Gedanken.
„Cordula?“
„Nee, ich hab eben an ihre Mutter gedacht.“
„Wieso armes Luder?“

„Nu überlech doch mal, Jule, wat hat die Frau durchjemacht, all die Jahre: Nischt wissen, was mit det Kind iss. Wachliechen in de Nacht, sich fragen: Wat iss mit se? Iss se satt, hat se warm?"
„Du meinst, sie hat sie richtig gern?"
„Logisch. Bloß – Recht haste, sie sind sich fremd. Det wird nich so leicht werden für die beeden."
Jule bekam eine nachdenkliche kleine Falte auf der Stirn und versank in Nachdenken.

Cordula war erleichtert, dass sie das Gespräch mit der Kripo hinter sich hatte. Die beiden Kommissarinnen waren ganz in Ordnung. Trotzdem war es nicht angenehm gewesen, so ausgequetscht zu werden – wann er damit angefangen hatte und die ganzen Einzelheiten. Am liebsten würde sie nicht mehr daran denken und auch nicht darüber reden. Aber die Frauen hatten gemeint, er müsse bestraft werden, und dazu müssten sie das alles wissen.
Na ja, das hatte Cordula eingesehen. Und sie fand auch, dass er nicht einfach so davonkommen sollte. Schon weil er auch Antje belästigt hatte, das war doch der Gipfel! Und dann war alles besser gegangen, als sie befürchtet hatte. Cordula hatte gemerkt, dass sie nicht die Erste war, mit der die Kommissarinnen über so was sprechen mussten. Sie machten weiter kein Aufhebens mit *du armes Kind* oder so, dafür wussten sie, was Sache war. Und vor allem – sie nahmen sie ernst, sie glaubten ihr.
Jetzt stand sie in Rodenbergs Gästezimmer am Fenster, ihre Mutter saß auf der Bettkante. Sie hatte sie vorhin

hereingebeten. Cordula hatte Herzklopfen, sie ahnte, was kommen würde.

„Willst du dich nicht setzen?“, fragte Ingrid Kauth.

„Nö, will ich nicht.“

„Morgen muss ich nach Berlin zurück, Cordula. Nachdem der Termin mit der Kripo vorbei ist, will ich den Rodenbergs nicht länger zur Last fallen. Ich glaube, es wäre am besten, du kommst gleich mit.“

„Was bleibt mir übrig?“, sagte Cordula.

Mensch, jetzt hatte die schon wieder Wasser in den Augen.

„So hab ich es nicht gemeint“, sagte Cordula. „Ich hab schon kapiert, dass du ganz anders bist, als *er* mir weisgemacht hat. Bloß – hier hab ich meine Freundinnen. Und die Schule hier ist ganz dufte.“

Zum Glück sagte ihre Mutter jetzt nicht: Freundinnen findest du auch in Berlin. Sie wischte sich die Tränen ab und sagte: „Cordula, lass es uns miteinander probieren. Wenn es gar nicht geht …“

„Dann kann ich immer noch ins Heim“, sagte Cordula.

„Auf dass wir uns vertragen“, ihre Mutter war aufgestanden, streckte ihr die Hand hin.

Cordula ergriff sie zögernd.

„Ich freu mich auf dich, Kind. Trotz allem freu ich mich.“

Auf einmal sah ihre Mutter ganz anders aus. Irgendwie jünger. Die guckt mich ja richtig lieb an, dachte Cordula verwundert.

In der Eisenbahn

Antje und Jule hatten am Freitag extra eine Stunde schulfrei bekommen, damit sie Cordula zur Bahn bringen konnten. Und Frau Rodenberg und Frau Lehmann waren ebenfalls mitgekommen. Jetzt standen alle vor dem abfahrbereiten Zug und quasselten wie wild durcheinander.

„Abgemacht, Frau Kauth, Sie schicken uns die Cordula in den Weihnachtsferien! Gleich nach den Feiertagen?"

Frau Kauth stand im Abteil am offenen Fenster, gab Frau Rodenberg die Hand und versprach es.

Cordula war noch einmal ausgestiegen, nachdem sie den Käfig mit dem Meerschwein auf ihren Sitz gestellt hatte. Sie konnte sich von ihren Freundinnen einfach nicht trennen.

„Wenn ich meinen anderen Vater in Berlin besuche, komme ich zu dir, Cordula", verkündete Jule.

„Rufst du mich auch ganz bestimmt morgen an?", fragte Antje und hatte Tränen in den Augen.

„Bestimmt", sagte Cordula, „und ich komme in allen Ferien nach Birkenthal – so wie wir es ausgemacht haben." Sie umarmte Antje ganz fest.

Der Schaffner pfiff und rannte den Zug entlang, um die Türen zu schließen. Cordula musste noch ganz schnell Jule umarmen, die laut losheulte. Der Zug setzte sich bereits sachte in Bewegung, als Frau Lehmann sie energisch in den Wagen schob.

Cordula lehnte sich aus dem Fenster und winkte. Winkte und winkte, während Antje und Jule rasch kleiner wurden – schon waren sie nicht mehr zu erkennen. Sie winkte, bis auch das letzte Flattern sich verlor, bis gar nichts Winkendes mehr übrig war.
Cordula ließ den Arm sinken. Sie fühlte sich auf einmal grenzenlos verlassen. Sie blieb stehen und starrte aus dem Fenster, ohne etwas wahrzunehmen.
Nach einer Weile sagte Frau Kauth: „Es zieht furchtbar. Bitte, Cordula, mach das Fenster zu."
Sie schob es hoch und ließ sich auf ihren Platz fallen. Sie hatten ein ganzes Abteil für sich allein. Ihre Mutter saß ihr am Fenster gegenüber und hielt das Meerschwein auf dem Schoß. Sie hatte es aus dem Käfig genommen und streichelte es. Und Meerschwein, sieh mal an, schnurrte zufrieden.
Cordula hatte schon in den letzten Tagen gemerkt, dass die beiden sich gut leiden konnten. Sie war richtig froh darüber. War doch besser für Meerschwein, als getreten und *eklige Ratte* gescholten zu werden.
Cordula betrachtete ihre Mutter. Sie kam ihr jetzt irgendwie hübscher vor. Sie hatte keine rote Nase mehr, ihre blauen Augen leuchteten, und sie lächelte manchmal. Na, vielleicht konnte sie sich ja mit der Zeit an sie gewöhnen.
Wenn sie bloß wüsste, wie sie sie anreden sollte. *Mutti? Mama?* In Cordula sperrte sich alles dagegen. Es ging nicht, dazu war sie ihr einfach zu fremd. Und den Vornamen sagen, wie Antje es manchmal bei ihren Eltern machte, das ging erst recht nicht. Sie konnte unmöglich *Ingrid* zu ihr sagen wie zu einer Freundin.

Ich muss sie kennen lernen, bis ich weiß, was richtig ist. Bloß – wie nenne ich sie in der Zwischenzeit? Ich kann doch nicht immer nur *du* zu ihr sagen …

Als wenn ihre Mutter Cordulas Gedanken erraten hätte, sagte sie auf einmal: „Cordula, was hältst du davon, wenn wir unseren Namen ändern? Ich möchte in Zukunft nicht mehr Kauth heißen."

„Ich auch nicht", sagte Cordula, „aber geht denn das?"

„Es geht. Ich habe mich bei Frau Heller erkundigt. Ich kann meinen Mädchennamen wieder annehmen und für dich einen Antrag stellen, damit du genauso heißt."

„Und wie heißen wir dann?"

„Schwalb."

„Schwalb? Wie Schwalbe, wie der Vogel?"

„Gefällt dir das nicht?"

„Doch, viel besser als Kauth."

Cordula Schwalb, Tochter von Frau Ingrid Schwalb – doch, das hörte sich ganz gut an.

Und auf einmal wusste sie es: „Ich werde dich von jetzt an Schwälbin nennen, damit wir uns an den neuen Namen schon mal gewöhnen."

„Du ziehst mich ja ganz schön auf – Schwälbchen!"

Sie lachten. Zum ersten Mal lachten sie miteinander.

„Wenn wir daheim sind, werde ich erst mal zwei Wochen Urlaub nehmen. Damit ich Zeit für dich habe, Cordula, wenigstens anfangs."

„Wozu soll das gut sein?", fragte Cordula misstrauisch.

„Na, erstens, damit wir beide uns richtig kennen lernen, und dann, dass du dich besser eingewöhnst, an die neue Schule und das Leben in Berlin und alles …"

Na, wenn sie diese Schnapsidee nicht von Frau Rodenberg hatte!

„Vergiss es, Frau Schwalb, davon halt ich nix!"

„Und warum nicht?", fragte ihre Mutter gekränkt.

„Im Eingewöhnen bin ich sowieso Profi", sagte Cordula, „und ich bin nicht mehr sechs. Es würde mich ganz nervös machen, wenn andauernd jemand um mich herumpusselt."

Ihre Mutter entgegnete nichts, aber sie sah ziemlich enttäuscht aus.

„Schwälbin", sagte Cordula, nachdem sie eine Weile nachgedacht hatte, „es gibt da noch einen Grund. Ich habe mir nämlich mein Leben lang gewünscht – also, ich hab mir das immer so vorgestellt: Morgens steh ich auf und frühstücke, ganz normal mit – mit meinen Eltern oder, na ja, mit meiner Mutter. Und hinterher gehen wir ganz normal in die Arbeit. Ich meine, ich in die Schule und du in die Arbeit. Das wäre so, das ist so ..."

„Zuverlässig?", fragte ihre Mutter.

„Genau, zuverlässig und – ja, geregelt. Stell ich mir cool vor."

„Alles klar. Wir frühstücken und dann gehst du in die Schule und ich in die Post."

„Arbeitest du eigentlich hinterm Schalter?"

„Sicher."

„Könnte ich dann nachmittags oder so mal rumkommen? Ich meine, ich würde dich nicht lange aufhalten. Wenn ich sehe, du hast Kundschaft, könnte ich dir mal kurz zuwinken."

„Ach, wäre das schön", sagte ihre Mutter.

Sie hatten ein bisschen vor sich hin gedöst, aber es gab etwas, das Cordula keine Ruhe ließ.
„Ich muss dich mal was fragen, Schwälbin."
„Frag."
„Ich krieg das einfach nicht auf die Reihe mit früher. Ich kann mich fast überhaupt nicht an dich erinnern. Alles, was ich noch weiß, ist, dass du immer furchtbar geschrien und getobt hast. Damals hatte ich echt Angst vor deiner Stimme. Ticke ich da richtig, hast du so gekeift? Oder hat er mir das eingeredet?"
„Es stimmt", sagte ihre Mutter. „Ich war damals vollkommen durch den Wind. Immer wenn ich von der Arbeit heimkam, hatte er einen neuen Scheiß gekauft, noch mehr Schulden gemacht. Ich wusste nicht mehr ein und aus, es blieb uns nicht mehr genug zum Leben, ich wusste nicht, wovon die Miete zahlen. Da ist mir alles überm Kopf zusammengeschlagen, da hab ich nur noch schreien können …"
„Aber warum mit mir?"
„Du hast es mit abgekriegt. Was meinst du, wie mir das Leid tut, wie ich das bereut hab, die ganzen Jahre. Ich hab selbst Schuld, dass ich dich verloren habe." Sie verstummte.
Nach einer Weile nahm sie den Faden wieder auf.
„Er hat dich furchtbar verzogen. Du hast alles bei ihm machen dürfen. Und wenn ich etwas nicht zulassen wollte, hat er dich gegen mich aufgehetzt, hat dich als Waffe gegen mich benutzt. Da hab ich nur noch getobt und getobt."
Cordula versank in Schweigen.
Ihre Mutter fasste sich ein Herz.

„Cordula, du wirst doch hingehen, zu dieser Beratungsstelle, die Frau Heller uns genannt hat, das wirst du doch machen?“
„Ich weiß nicht“, sagte Cordula lustlos. „Ich werde doch gar keine Zeit haben. Ich werde mal wieder eine Menge nachholen müssen in der Schule.“
„Einmal in der Woche – so viel Zeit muss sein“, sagte ihre Mutter in festem Ton.
„Ich will endlich meine Ruhe haben“, sagte Cordula. „Ich will ganz normal leben, wie andere Leute auch.“
„Das wird nicht gehen“, sagte ihre Mutter, „es wird wie ein Gespenst in dir drinsitzen und eines Tages aufwachen und dein Leben kaputtmachen. Ich kann dir da nicht allein helfen. Du brauchst sachkundige Hilfe. – Und ich brauche sie auch“, setzte sie hinzu.
Kaum hatte man eine Mutter, mischte sie sich prompt in alles ein. Cordula seufzte. Hilfe? Pah, hatte sie sich nicht ganz gut selbst geholfen? Hatte sie ihm nicht tüchtig eins über die Rübe gegeben, dem Penner?
„Es ist noch nicht alles vorbei, Cordula. Die Gerichtsverhandlung, die musst du auch noch durchstehen.“
Die Gerichtsverhandlung! Cordula fühlte den altbekannten Stich im Magen. Möglicherweise würde sie ihn wieder sehen müssen. Er würde alles abstreiten, er würde behaupten, sie lüge, sie erfinde Stories … Wenn sie da bloß nicht hinmüsste, zu dieser Gerichtsverhandlung. Die Kommissarinnen hatten ihr geglaubt. Aber würde der Richter ihr glauben?
„Die Frauen dort in der Beratungsstelle, die haben das Gleiche erlebt wie du“, sagte ihre Mutter, „sie werden

dich verstehen. Sie werden dir helfen, das alles durchzustehen."

„Wenn du meinst, kann ich mir den Laden ja mal ansehen, Frau Schwalb", sagte sie.

Aber im Augenblick wollte sie nichts mehr davon hören. Sie trat aus dem Abteil in den Gang und blieb am Fenster stehen. Die Landschaft draußen hatte sich verändert. Der Zug hatte die Berge und Hügel hinter sich gelassen. Cordula kam es vor, als fahre er immer schneller durch das weite, flache Land. Bald würde sie in Berlin sein, dort, wo sie als kleines Kind gelebt hatte. Ein neues Leben würde anfangen, das andere Leben mit ihrer Mutter.

Der Zug schnaufte, die Räder stampften rhythmisch. Cordula horchte. Das klang wie – ja, genau, die Räder sangen: Der Wolf ist tot, der Wolf ist tot, der Wolf ist tot …

Anlauf- und Beratungsstellen ☏

Deutschland

Die Kinderschutzzentren
BAG Geschäftsstelle
Spichernstr. 55, 50672 Köln, *Tel. 02 21/52 93 01*

Einzelstellen:

Aachen	Kirberichshoferweg 27–29, 52066 Aachen *Tel. 02 41/94 99 40*
Berlin-Neukölln	Karl-Marx-Str. 262, 12057 Berlin *Tel. 0 30/6 83 91 10*
Berlin-Hohenschönhausen	Strausberger Str. 5, 13055 Berlin *Tel. 0 30/9 71 17 17*
Bremen	Vor dem Steintor 87, 28203 Bremen *Tel. 04 21/70 00 37*
Erfurt	Goethestr. 60, 99096 Erfurt *Tel. 03 61/5 62 62 46*
Göppingen	Marktstr. 52, 73033 Göppingen *Tel. 0 71 61/96 94 94*
Gütersloh	Schulstr. 13, 33330 Gütersloh *Tel. 0 52 41/1 49 99*
Hamburg	Emilienstr. 78, 20259 Hamburg *Tel. 0 40/4 91 00 07*
Hamburg-Harburg	Eißendorfer Pferdeweg 40 a 21075 Hamburg-Harburg *Tel. 0 40/7 90 10 40*
Hannover	Schwarzer Bär 8, 30449 Hannover *Tel. 05 11/4 58 16 23*

Heidelberg	Gaisbergstr. 53, 69115 Heidelberg *Tel. 0 62 21/60 08 19*
Husum	Theodor-Storm-Str. 7, 25813 Husum *Tel. 0 48 41/60 24*
Kiel	Zastrowstr. 12, 24114 Kiel *Tel. 04 31/1 68 31*
Köln	Spichernstr. 55, 50672 Köln *Tel. 02 21/52 00 86*
Leipzig	Humboldtstr. 1, 04105 Leipzig *Tel. 03 41/9 60 28 37*
Lübeck	An der Untertrave 77, 23552 Lübeck *Tel. 04 51/7 88 81*
Mainz	Lessingstr. 25, 55118 Mainz *Tel. 0 61 31/61 37 37*
München	Pettenkoferstr. 10a, 80336 München *Tel. 0 89/55 53 56*
Oldenburg	Friederikenstr. 3, 26135 Oldenburg *Tel. 04 41/1 77 88*
Saarbrücken	Graf-Johann-Str. 2, 66121 Saarbrücken *Tel. 06 81/6 91 91*
Stuttgart	Pfarrstr. 11, 70182 Stuttgart *Tel. 07 11/23 89 00*

*

Deutscher Kinderschutzbund (DKSB) e.V.

Bundesverband:	Schiffgraben 29, 30159 Hannover *Tel. 0511-3 04 85/0*

Landesverbände (vermitteln an Beratungsstellen vor Ort weiter):

Baden-Württemberg	
	Haußmannstr. 6, 70188 Stuttgart *Tel. 07 11/24 28 18*
Bayern	Barerstr. 86 a, 80799 München *Tel. 0 89/2 71 79 90*
Berlin	Malplaquetstr. 38, 13347 Berlin *Tel. 0 30/4 56 15 24*
Bremen	Vor dem Steintor 87, 28203 Bremen *Tel. 04 21/70 00 37-8*
Hamburg	Eppendorfer Weg 7, 20259 Hamburg *Tel. 0 40/43 29 27-0*
Hessen	Gebrüder-Lang-Str. 7, 61169 Friedberg *Tel. 0 60 31/1 87 33*
Mecklenb.-Vorpommern	
	Klein Niendorfer Str. 34 19386 Hof Gischow *Tel. 03 87 31/2 39 16*
Niedersachsen	Schwarzer Bär 8, 30449 Hannover *Tel. 05 11/44 40 75*
Nordrhein-Westfalen	
	Domagkweg 8, 42109 Wuppertal *Tel. 02 02/75 44 65*
Rheinland-Pfalz	Industriestr. 18, 76829 Landau *Tel. 0 63 41/8 88 00*

Saarland	Steinbacher Str. 8, 66904 Börsborn *Tel. 0 68 41/16 42 30*
Sachsen	Klopstockstr. 50, 01157 Dresden *Tel. 03 51/4 21 40 50*
Sachsen-Anhalt	Rückertstr. 47 b, 39128 Magdeburg *Tel. 03 91/5 67-40 12*
Schleswig-Holstein	Beselerallee 44, 24105 Kiel *Tel. 04 31/80 52 49*

Örtliche Stellen gibt es in vielen Städten. Sie stehen im örtlichen Telefonbuch unter **Deutscher Kinderschutzbund e.V.** Einige führen auch selbst Beratungen bei sexuellem Missbrauch durch.

*

PRO FAMILIA

Landesverbände (vermitteln an Beratungsstellen vor Ort weiter):

Baden-Württemberg	Haußmannstr. 6, 70188 Stuttgart *Tel. 07 11/21 55 10 8/9*
Bayern	Türkenstr. 103/I, 80799 München *Tel. 0 89/39 90 79*
Berlin	Ansbacherstr. 11, 10787 Berlin *Tel. 0 30/2 13 90 13*
Brandenburg	Gartenstr. 42, 14478 Potsdam *Tel. 03 31/7 09 32 05/06*
Bremen	Stader Str. 35, 28205 Bremen *Tel. 04 21/44 46 24*
Hamburg	Kohlhöfen 21, 22305 Hamburg *Tel. 0 40/34 33 44*

Hessen	Schichaustr. 3-5, 60314 Frankfurt *Tel. 0 69/44 70 61*
Mecklenburg-Vorpommern	Graf-Schack-Str. 14, 18055 Rostock *Tel. 03 81/3 13 05*
Niedersachsen	Steintorstr. 6, 30159 Hannover *Tel. 05 11/36 36 08*
Nordrhein-Westfalen	Hofaue 63, 42103 Wuppertal *Tel. 02 02/2 45 65-10*
Rheinland-Pfalz	Schießgartenstr. 7, 55116 Mainz *Tel. 0 61 31/23 63 50/54*
Saarland	Mainzer Str. 106, 66121 Saarbrücken *Tel. 06 81/6 45 66*
Sachsen	Wurzner Str. 95, 04315 Leipzig *Tel. 03 41/2 32 43 18*
Sachsen-Anhalt	Am Krähenberg 4, 06118 Halle/Saale *Tel. 03 45/5 22 06 36*
Schleswig-Holstein	Marienstr. 29-31, 24937 Flensburg *Tel. 04 61/18 04 07*
Thüringen	Bahnhofstr. 27/28, 99084 Erfurt *Tel. 03 61/6 43 85 14*

Örtliche Stellen von **PRO FAMILIA** gibt es in vielen Städten. Sie sind im örtlichen Telefonbuch zu finden. Einige führen auch selbst Beratungen bei sexuellem Missbrauch durch.

*

Wildwasser-Vereine

Bergkamen, Kreis Unna	Schulstr. 8, 59192 Bergkamen *Tel. 0 23 07/6 88 88*
Berlin	Mehringdamm 50, 10961 Berlin *Tel. 0 30/7 86 50 17*
	Dircksenstr. 47, 10178 Berlin *Tel. 0 30/2 82 44 27*
Bielefeld	Jöllenbecker Str. 57, 33613 Bielefeld *Tel. 05 21/17 54 76*
Bochum	An den Lothen 7, 44892 Bochum *Tel. 02 34/29 76 66*
Darmstadt	Saalbaustr. 13-15, 64283 Darmstadt *Tel. 0 61 51/2 88 71*
Dortmund	Hucharder Str. 12, 44137 Dortmund *Tel. 02 31/14 88 77*
Duisburg	Lutherstr. 31, 47058 Duisburg *Tel. 02 03/34 30 16*
Frankfurt	Eschersheimer Landstr. 48, 60322 Frankfurt *Tel. 0 69/95 50 29 10*
Freiburg	Adlerstr. 12, 79098 Freiburg *Tel. 07 61/3 36 45*
Friedberg	Hanauer Str. 12, 61169 Friedberg *Tel. 0 60 31/6 40 00*
Gießen	Liebigstr. 13, 35390 Gießen *Tel. 06 41/7 65 45*
Hagen	Lange Str. 34A, 58089 Hagen *Tel. 0 23 31/37 10 13*

Hildesheim	Gelber Stern 20, 31134 Hildesheim *Tel. 0 51 21/3 77 87*
Iserlohn	Wermingser Str. 26, 58636 Iserlohn *Tel. 0 23 71/2 45 90*
Karlsruhe	Scheffelstr. 53, 76135 Karlsruhe *Tel. 07 21/85 91 73*
Köln SPZ-Tagesstätte	Venloerstr. 354 b, 50825 Köln *Tel. 02 21/5 10 53 69*
Ludwigshafen	Westendstr. 17, 67059 Ludwigshafen *Tel. 06 21/62 81 65*
Magdeburg	Ritterstr. 1, 39124 Magdeburg *Tel. 03 91/2 51 54 17*
Marburg	Wilhelmstr. 40, 35037 Marburg *Tel. 0 64 21/1 44 66*
Minden	Simeonstr. 24, 32423 Minden *Tel. 05 71/8 76 77*
Nürnberg	Roritzerstr. 22, 90419 Nürnberg *Tel. 09 11/33 13 30*
Oldenburg	Kaiserstr. 19, 26122 Oldenburg *Tel. 04 41/1 66 56*
Rüsselsheim Kreis Groß-Gerau	Darmstädter Str. 1, 65428 Rüsselsheim *Tel. 0 61 42/96 57 60*
Stuttgart	Stuttgarter Str. 3, 70469 Stuttgart *Tel. 07 11/85 70 68*
Wiesbaden	Wallufer Str. 1, 65197 Wiesbaden *Tel. 06 11/80 86 19*

Worms	Synagogenplatz 1, 67547 Worms *Tel. 0 62 41/8 89 17*
Würzburg	Neutorstr. 11, 97070 Würzburg *Tel. 09 31/1 32 87*

*

Zartbitter e.V.

Coesfeld	Bernhard-von-Galen-Str. 10 48653 Coesfeld *Tel. 0 25 41/8 32 52*
Köln	Sachsenring 2-4, 50677 Köln *Tel. 02 21/31 20 55*
Münster	Bahnhofstr. 6, 48143 Münster *Tel. 02 51/4 14 05 55*

*

Kinder- und Jugendtelefon
in Deutschland bundesweit gebührenfrei
Tel. 08 00/1 11 03 33

*

Weißer Ring Opfer-Notruf
in Deutschland bundesweit 24 Pf. pro Minute
Tel. 0 18 03/34 34 34

*

Österreich:

Kinderschutzzentren

Graz	Mandellstr. 18/2, A-8010 Graz *Tel. 03 16/83 19 41*
Innsbruck	Schöpfstr. 19, A-6020 Innsbruck *Tel. 05 12/5 83 75 70*
Klagenfurt	Kumpfgasse 20, A-9020 Klagenfurt *Tel. 04 63/5 67 67*
Linz	Goethestr. 25/4, A-4020 Linz *Tel. 07 32/66 78 76*
Salzburg	Biebelstr. 50, A-5020 Salzburg *Tel. 06 62/81 71*
Wels	Eisenhowerstr. 20, A-4600 Wels *Tel. 0 72 42/6 71 63*
Wien	Kandelgasse 34, A-1070 Wien *Tel. 02 22/5 26 18 20*

Schweiz:

Schweizerischer Kinderschutzbund
Sekretariat, CH-3000 Bern, *Tel. 0 31/3 82 02 33*

*

Außerdem können sich Mädchen auch an Einrichtungen wenden wie

- **Beratungsstelle für Kinder, Jugendliche und Frauen bei sexuellem Missbrauch**
- **Notruf für Frauen**
- **Notruf für vergewaltigte und sexuell belästigte Frauen und Mädchen**
- **Frauen helfen Frauen**
- **Frauenhaus**
- **Frauennotruf**
- **Frauenzentrum**
- **Mädchenhaus**

Solche Einrichtungen gibt es unter diesen oder ähnlichen Namen in jeder Stadt. Man kann sie leicht selbst im örtlichen Telefonbuch finden.

Informationen zum Erkennen und zur Prävention von sexuellem Missbrauch gibt der:

AMYNA-Verein zur Abschaffung von sexuellem Missbrauch und sexueller Gewalt e.V./Projekt zur Prävention von sexuellem Missbrauch

Westermühlstr. 22, 80469 München
Tel. 0 89/2 01 70 01
Fax 0 89/2 01 10 95

Diese Aufstellung erhebt keinen Anspruch auf Vollständigkeit. Alle Angaben erfolgten nach bestem Wissen, sind jedoch ohne Gewähr.

tabu verlag, München, Mai 1998

Die Deutsche Bibliothek – CIP-Einheitsaufnahme

Damm, Dörte:
Der Wolf ist tot : Roman / Dörte Damm. –
Orig.-Ausg. – München :
tabu-Verl., 1998
(Tabuphil)
ISBN 3-89692-142-8

tabu® – Der Taschenbuchverlag

tabuphil – Originalausgabe
Umschlagillustration nach einem Motiv von
Harrie Geelen, aus: Der Wolf, der mit dem Wasser sprach,
tabu verlag 1995

ISBN 3-89692-142-8

Dörte Damm

wurde 1936 geboren und ist in einer pfälzischen Kleinstadt aufgewachsen. Nach der mittleren Reife und dem Abschluss der Handelsschule arbeitete sie in verschiedenen Büros. 1955 heiratete sie und bekam zwei Kinder, eine Tochter und einen Sohn.
Von 1970 bis 1974 studierte sie in Mannheim und Berlin Sozialpädagogik und arbeitete anschließend im Jugendamt. Nach einer familientherapeutischen Ausbildung arbeitete sie ab 1987 in einer jugendpsychiatrischen Beratungsstelle. Während ihrer Berufsjahre wurde sie häufig auch mit Fällen sexuellen Missbrauchs konfrontiert.
Seit 1993 wohnt sie mit einem Freund und zwei Katern in einem ehemaligen Bauernhaus in der Wesermarsch. Nun widmet sie sich ganz dem, was sie früher immer nur „nebenher“ tun konnte: Schreiben.
Als ihre Kinder klein waren, hat sie begonnen, für sie Geschichten aufzuschreiben. Später – und nun schon seit vielen Jahren schreibt sie Kurzgeschichten und Romane für Erwachsene.
Der Wolf ist tot ist ihr erstes Jugendbuch.

Eva Maria Kohl
Wanda Wind
Eine Geschichte
gegen den sexuellen Missbrauch von Kindern
Mit Bildern von Heidrun Boddin
ISBN 3-930777-67-3

(ab 6 J.)

Der König, die Königin und das Mädchen Wanda Wind leben mitten in der Stadt, in einer ganz normalen Mietwohnung. Sie sind eigentlich auch eine ganz normale, glückliche Familie. Eines Tages muss die Königin ihre kranke Schwester besuchen. Wanda Wind und der König bleiben allein. Sie teilen sich die Hausarbeit, und Wanda Wind darf im Bett der Königin schlafen. Alles läuft gut – bis der König darauf besteht, dass Wanda Wind jeden Abend mit ihm zusammen ein Bad nimmt. Und er sie dabei so komisch anfasst, gar nicht, wie ein Papa seine Tochter anfasst. Auch nachts im Bett macht er seltsame Dinge … Wanda Wind wird es unbehaglich, sie hat Angst und weigert sich, mit dem König zu baden. Doch der König ist stärker als sie. Andere Menschen müssten ihr zu Hilfe kommen …
Eine Geschichte zum Nachdenken und Drübersprechen.

Ted van Lieshout

Kind zu vermieten

Roman

Aus dem Niederländischen von Verena Kiefer

ISBN 3-89692-108-8

Das Mädchen Pipet ist ein Geschäftskind und spart für ein Schloss. Als ihre Eltern auf Weltreise gehen, versucht sie auf ganz ungewöhnliche Weise Geld zu verdienen ... (ab 9 J.)

Leseprobe:

Kind zu vermieten

Kind ohne Eltern vermietet sich an Eltern ohne Kind. Kostet viel. Keine Hausbesuche. Pipet, Hotet Südsüdost, Fingerhutstraße.

Während Joris Opa Klaproosch nach oben begleitete, empfing Pipet Herrn und Frau Nagelriem an der Rezeption. „Wir kommen wegen des Supermarkt-Aushangs. Bist du Pipet?“ Pipet nickte. – „Wir sind sehr interessiert und möchten gerne wissen, wie das funktionieren soll mit so einem Mietkind“, sagte Frau Nagelriem, „denn damit haben wir gar keine Erfahrung.“

„Das kann gut sein“, sagte Pipet. „Ich habe es nämlich selbst erfunden.“

„Sie sieht tadellos aus“, sagte Herr Nagelriem. „Tadellos und sauber. Sauber und gepflegt.“

„Ich hätte ja lieber einen Jungen gehabt“, sagte seine Frau. „Aber was soll's.“

„Oh, das geht auch“, rief Pipet begeistert. „Ich bin nämlich von Beruf Kind. Ich habe alle Sorten Kinder in meinem Sortiment. Ich ziehe eine Hose an, wenn ich ein Junge sein soll, und eine Windel, wenn ich ein Baby spielen soll. Nur Zwillinge – das schaffe ich nicht.“

Eva Maria Kohl

Der Koffer mit dem doppelten Boden

Roman

ISBN 3-930777-56-8

Johannas Eltern müssen vor den Nazis ins Ausland fliehen. Das hat für Johanna dramatische Folgen. (ab 11 J.)

Leseprobe:

„Wo ist Mama?“, fragt Johanna. Oma schweigt. „Wir sollten dem Kind etwas sagen“, meint der Vater. Da wird Oma ärgerlich. „Wer viel weiß, kann viel verraten“, meint sie.

„Höre, Johanna“, sagt sie, „wenn Leute kommen und etwas von dir wissen wollen über deine Mama, dann sagst du immer, sie sei verreist. Und basta.“

Der Vater seufzt. Es sieht aus, als ob er gern reden möchte. Aber aus irgendeinem für Johanna unverständlichen Grund schweigt auch er.

„Johanna“, sagt er nur, „es kann sein, dass Polizei kommt und nach Mama sucht. Und es kann auch passieren, dass sie Schlechtes über deine Mutter sagen werden. Aber du darfst ihnen nicht glauben, niemals. Deine Mutter hat nichts Böses getan. Sag zu allem immer: Ich weiß nicht. Versprichst du mir das?“

„Ich verspreche es“, sagt Johanna.

„Dann bin ich beruhigt“, sagt der Vater.

Oma schiebt sie zur Tür.

„Sie weiß ja wirklich nichts“, sagt sie zum Vater. Aber es stimmt nicht, dass Johanna nichts weiß. Sie hat beim Gespräch zwischen der Mutter und der Großmutter, so leise es auch hinter der Tür geführt worden sein mag, ein paar Worte aufgeschnappt.

Katharina Schubert

Ein altes Haus für Laura ***oder***

wie Old Shatterhand nach Potsdam kam

Roman

ISBN 3-930777-50-9

Laura erbt von einer unbekannten Großtante ein altes Haus in einem Eifeldorf ... (ab 10 J.)

Leseprobe:

„Hier muss es sein!“ Sie halten vor einem ziemlich verwilderten Grundstück. Nur der Giebel des Hauses guckt hinter einer Hecke vor. Am Gartentor hängt ein Holzschild, auf dem der Kopf eines Indianers und der eines Kindes gemalt sind. Neugierig folgt Laura ihrer Mutter in den Garten. Hinter den Büschen ist eine Wiese, deren Gras Laura bis zum Ellenbogen reicht. Auf ihr wachsen Obstbäume und verschiedene Beerensträucher. „Was für ein schönes Haus!“ Laura strahlt. Mama nimmt die drei Schlüssel, die der Notar ihr gegeben hat, aus der Tasche und will die Haustür aufschließen.

„Bei uns lohnt sich kein Einbruch!“, ertönt eine Stimme von hinten.

Laura und Mama drehen sich erschreckt um. Sie sehen einen Jungen in Lauras Alter in einem der Apfelbäume sitzen. Er hat seine Baseballmütze tief ins Gesicht gezogen und grinst die beiden frech an.

„Quatsch, wir wollen nichts klauen. Wir wollen nur in unser Haus“, sagt Laura schnippisch.

„Aber das ist nicht euer Haus. Hier wohnen Winnetou, Elly und ich.“

Wim Hofman

Wim Roman

Aus dem Niederländischen von Hedwig von Bülow

ISBN 3-89692-104-5

Der 11-jährige Wim lebt in einem kleinen Städtchen am Meer. Am liebsten ist er am Strand, denn zu Hause gibt's nur Probleme. Und eines Tages hat Wim die Nase voll. (ab 9 J.)

Leseprobe:

Als Wim die Hintertür öffnete, hörte er laute Stimmen. Ehekrach.

Seine Eltern waren mal wieder tüchtig aneinander geraten. Wer weiß, worum es nun wieder ging.

Wim schlug die Tür mit einem kräftigen Stoß hinter sich zu und warf den Eimer unter einen Stuhl.

Wenn sie das nicht hörten ...

Die Streiterei wurde beendet. Als ob er nicht merkte, dass es zwischen seinen Eltern nicht gut stand.

Ach, diese Erwachsenen, dachte Wim. Sie tun nur so. Sie denken wohl, dass man Tomaten auf den Augen hat. Aber man hat es schnell raus, dass alles ein großer Beschiss ist.

Er hörte eine Tür schlagen. Die Vordertür.

Das war sein Vater. Er ging oft weg.

Wim hörte jemanden die Treppe hinaufgehen. Seine Mutter.

Sie machte sich erst schön, bevor sie wegging.

Fast jeden Abend ging sie weg.

Fast jeden Abend gingen sie beide weg, und deswegen gab es dann wieder Streit.